ラブコメ嫌いの俺が
最高のヒロインにオトされるまで
なめこ印
illustration 餡こたく

ち、近い……！
水澄の距離感がおかしいのはいつものことだが、今日は格段に近い。
肩も二の腕も、ついでに膝や太ももも当たりまくりで密着状態だ。
特に顔と顔の近さがヤバい。
いや、イヤホンで繋がってるから仕方ないんだけど……！
写真部所属。陰キャ寄りの
非オタなカメラ少年。
中学校の頃に起きたとある
ことが原因で、恋と『人をモ
デルにした写真を撮ること』
にトラウマを抱えてしまう。
高橋（高2）

雑誌モデルもやっている学校一の美少女。
普段は隠しているが、実はコスプレ好きのオタク女子。
自分のコスプレを撮影してもらうことを条件に、廃部の危機を迎えていた写真部に入部することに。
水澄さな（高1）

「え？」
MENU

「それでは最後においしくなる
魔法をかけさせていただきますね」
アキバのメイド喫茶に勤めるメイド長。
水澄さんに化粧の仕方や美しい歩き方などを教えた師匠でもある。
てとら（20歳）

「……見つかっちゃいましたね」

「結構探したぞ」

「——ビビったのか？」

「やっぱり……分かっちゃいますか？」

「笑っちゃいますよね。告知までして、衣装も作ったのに、直前で足が竦むなんて」

「初参加なんだ……
仕方ないだろ」
「ごめんなさい。
先輩にもたくさん
手伝ってもらったのに……」
「俺のことは…いい」
「…………
あはは」

Contents

ラブコメ嫌いの俺が最高のヒロインにオトされるまで

なめこ印

GA文庫

カバー・口絵　本文イラスト
餡こたく

プロローグ◆◆◆ヒミツのカンケイ

水澄《みすみ》さなは怪獣《モンスター》だ。

怪獣はいつだって平穏を掻《か》き乱《みだ》す。

それはもう——グチャグチャに。


「高橋《たかはし》先輩。ちょっといいですか？」

「……？」

カメラの手入れ中に呼びかけられ、俺《おれ》は仕方なく顔を上げた。

くっつけた机の対面に座るのは後輩の水澄。

学校一の美少女と評判の美少女だ。

淡い桃色の髪。

大きな瞳《ひとみ》。

ピンクのリップ。

華奢《きゃしゃ》な肩。

制服とグレーのパーカー。

一年生を示すピンクのタイ。

そして、手には今日発売の週刊マンガ雑誌。

……いや、マンガ読みたきゃコンビニか漫研行け！

お前、絶対に写真部って自覚ないだろ⁉

「何だよ、水澄？」

俺は言いたいことをグッと飲み込み、手短に尋ね返す。

「先輩。ちょっと手、いいですか？」

「手？」

「見せてください」

問答無用かよ。

よく分かんないが右手を差し出す。

すると水澄はマンガ雑誌を机に置いて――グイッ。

「なななあ～～～⁉」

「あ、暴れないでくださいよ」

いや、手！

何で引っ張るんだよ⁉

ていうか、やわらか。ちっさ！

「んー」

水澄は俺の右手をガッチリ捕まえ、それをしげしげ眺めている。

何だその真剣な表情。

俺の手なんか見たって何もおもしろくねぇだろ⁉

だから指でぶにぶに揉《も》むな。こそばゆいッ！

「ん？」

「……っ」

吐息がかかる。

ヤバい。手汗が。

汗、止まれ！

緊張してるなんて思われたくない。

なんか負けた気分になる。

「！」

その時、気づいてしまう。

俺の手を押さえるために水澄は机に両肘をついている。

前屈《まえかが》みになった制服の隙間《すきま》から、彼女の白い肌と鎖骨が見……！

「ん～～先輩、残念！」

と、まるで見透かしたようなタイミングで水澄が手を離して顔を上げた。

俺は慌てて視線を逸らし、右手を引っ込める。

「残念って、何がだよ？」

「先輩の手にはチャクラが開いてないですね。これじゃ忍者になれませんよ」

チャクラ？　忍者？　何だ急に突然？

……あ、さっき水澄が読んでたマンガの話か。これ？

「別に忍者とかなれんでいいし」

「えー、カッコいいのにー」

水澄は本気で残念そうに呟《つぶや》く。

いや、知らねぇし。

マンガと現実をごっちゃにするな。

「あっ、でも確かに先輩はその方がいいかも」

「？」

「だって先輩、お色気の術とかに弱いでしょ？」

水澄はそう言うとシャツの襟元《えりもと》を少しだけ、ピラッ。

「どぶフッ⁉」

見てたのバレてた。

死にたい。

助けてくれ。

「あははっ！　先輩、顔真《ま》っ赤《か》！」

「〜〜〜」

くそぅ、男の純情が弄《もてあそ》ばれた……！

つーかめっちゃ笑うし。

「ぷふっ、ふふふっ、先輩ってばかーわい」

「……」

笑いすぎじゃね？

「さてと、それじゃ先輩、そろそろアレ、しましょ？」

まだちょっとニヤニヤしながら水澄は言って椅子から立ち上がる。

アレとは、俺と水澄だけの秘密だ。

俺みたいな日陰の男が、水澄みたいな日なたの少女と、放課後の部室でふたりきりでいる理由。

ふたりでこんなことしてると誰《だれ》かに知られたら、たぶんヤバい。

別にやましいことしてるわけじゃないんだが……なんかヤバいというか。

ぷちっぷちっ
いや、本当は俺は嫌々なんだけど、水澄が。

彼女と取引したから仕方なく。

そう、あくまで彼女に頼まれたから仕方なくやっているんだ、俺は……！

ぷちっぷちっ
そういやさっきから何だこの音？　……ボタンをはずす音みたいな。

「って、みみ水澄！　脱ぐなら衝立《ついたて》の裏でやれよ⁉」

「えー、さっき笑っちゃったお詫《わ》びのつもりなのにー」

水澄は白く眩《まぶ》しい谷間を見せびらかしながら意地悪にまた笑う。

からかわれてると分かってるのに俺は彼女から目を離せず、ただただ顔を真っ赤にするしかないのだった。


ああホント、何でこんな風になったんだ。

俺はただ写真部を続けたかっただけなのに。

それもこれもあの春の終わり頃、水澄が俺の前に現れたところから始まった——

第一章◆◆◆高橋君はぼっちを愛していた

世界の終わりだ。
いや、まだ終わってないが、もうすぐ終わる。
今の俺《おれ》はそんな気分だった。
「もうダメだ」
思わず弱音を吐いてしまう。
自分の机に突っ伏して。独りで。
誰《だれ》も俺の独り言なんて聞いてない。聞こえてない。
いや、いいんだ別に。それは。
なぜなら俺はぼっちだから。
断っておくがクラスメイトに無視されてるわけじゃない。
俺がコミュ障ってわけでもない。
あえて理由を言葉にするなら、単純に面倒だから。
俺は俺の好きなカメラを持って、好きな写真が撮れればいいんだ。

自分の趣味に没頭することだって立派な青春だろ？

だが、その青春が現在進行形で大ピンチだった。

なぜならもうすぐ俺の青春の聖域——写真部が廃部になるからだ。

理由は三年生の卒業による部員不足。

廃部を免れるには今週中に部員を五名確保する必要がある。

ちなみに現在の部員は一名……つまり俺だけだ。

名前を貸してくれる友達なんてもちろんいない。

詰んだあぁぁ。

写真部がなくなったら部室も取り上げられる。

このままでは校内唯一の心のオアシスを失ってしまう。

そうなったら俺は……これからどこで昼飯を食えばいいんだ⁉

「おぉぉ……！」

ダメだ。やっぱり諦《あきら》めるにはまだ早い。

俺は授業中に教師の目を盗み、半日かけて部員募集のビラを作った。

これを見て誰か興味を持ってくれれば……！

できれば可能な限り喋《しゃべ》らなくて、やる気がなくて、部室にも来ないようなやつが来て欲しい。

……いや、待て待て。落ち着け。

そうやって選り好みした結果が廃部の危機じゃないか。

この際、入ってくれるなら誰だっていい。

とにかく写真部を守らなければ。

勝負は放課後。

早く授業終われ終われ終われ。

そんな念を教壇の教師に送り続け……やがて授業が終わる。

そして、ホームルームも終わったところで、俺は教室を飛び出した。

まずは職員室へ向かい、コピー機でビラを刷りまくる。

ピーピーガーガーやりながら、刷り上がったビラをどこで配るか考えていると。

「高橋《たかはし》」

「はい？」

声をかけられて振り返ると、写真部顧問の杉内《すぎうち》が後ろに立っていた。

「お前それ、何してるんだ？」

「何って……その、写真部のビラを」

「ビラって何の？」

「ぶ、部員募集のです」

正直に答えると、杉内は呆《あき》れた顔をした。

「新入生の部活見学の期間はもう過ぎてるだろう」

「いやでも、あの、部員が集まらなかったので……」

「あーそういやそんな連絡もあったな」

杉内は思い出すように呟《つぶや》く。

「とにかくな高橋。部員を探すのはいいが、ビラは掲示板に二、三枚貼《は》るだけにしろ。配ったりしたらゴミになるだろう」

「で…でも……！」

「でもじゃない」

その後も必死に小声で抗議してみたが、杉内はにべもない。

そもそも部員募集は見学とポスター掲示のみで、ビラ配布は禁止だそうだ。

昔、ビラが大量に捨てられて周辺住民とトラブルになったらしい。

いちおう掲示板に貼る許可はもらえたので貼りに行く。

しかし、数ヶ所貼ったところで心が萎《な》えた。

部員募集のポスターなんてもうどこにもない。

とっくの昔に役目を終えて剝《は》がされたのだろう。

今更こんなのを貼ったって誰が見るんだ？

ていうか、この大量のビラどうしよう。

「はぁ……」

意気消沈しながら廊下の角を曲がった時——誰かにぶつかった。

「わっ！」

「キャッ！」

俺は驚いてビラを落とし、ぶつかった相手は廊下に尻餅《しりもち》をついた。

「すみませ……!?」

慌てて謝ろうとして、相手が女子と気づいて言葉に詰まる。

「あ」

ていうかこの子、一年の水澄《みすみ》さなだ。

すごい美少女が入学してきたと二年の間でも話題になっていた。

雑誌の読者モデルもやってるとかなんとか。

実際、間近で見ても顔が小さい。かわいい。胸もある。なんか全体的にオシャレな感じがする。スカートから伸びる脚が長い。肌も白い。

こんな子とさっきぶつかったのか。

その時の感触も覚えてないけど……なんか全身から汗がブワッと噴き出る。

「あの」

「うえっうぇ⁉」

喋った！　つーか話しかけられた⁉

「手、貸してもらえます？」

水澄はそう言って手を差し出してくる。

てか、手？

貸すって……おお俺が⁉

「あ…ああ」

念のため制服のズボンで手の平を拭いてから、恐る恐る水澄の手を摑《つか》む。

彼女の手は小さくてヒンヤリしてた。

まるで自分の手だけ異常な熱を持ってるみたいだ。

また手汗をかきそうになりながら、なんとか彼女を立ち上がらせる。

「ん。ありがとうございます」

水澄はスカートの埃《ほこり》を払いながら言う。

「い…や……俺が」

ぶつかった俺が悪いし。

「……？」

と、そこで水澄は再び屈《かが》み……中見えそ⁉

ギリギリ見えるか見えないかのラインで、彼女は床に散らばったビラを拾い上げる。

「写真部？」

水澄は呟き、チラッと俺を見上げた。

「部員募集って、なんか時期外れじゃないですか？」

「それっ……いや…そのっ！」

なぜかすごくカッコ悪い気がして頭がパニクる。

「……返せ」

うわあああああ。

我ながら今のはない。

何だ「返せ」って。

ダサいのを誤魔化《ごまか》すにしても言い方があるだろ⁉

こんなん恥の上塗りだ。

死にたい。

恥ずかしい。

もうビラを奪って逃げてしまおうと手を伸ばす――が、水澄はヒョイッとそれを避けた。

「先輩」

水澄はビラをひらひらさせながら立ち上がる。

「こんな時期に部員を探してるってことは、もしかして困ってますよね？」

その通りだけど頷《うなず》きづらい。

俺は返事を渋ったが、水澄は構わず続ける。

「よかったら私、写真部に入りましょうか」

「……え？」

驚いて俺は水澄の顔を見る。

「私ひとりじゃ足りなければ友達にも声かけますよ。あ、私一年の水澄です」

知ってる。

でも何で水澄が写真部に入る？

意図がまるで分からない。

「あのー聞こえてます？」

本気なのか？

いや。

「罠《わな》、か？」

「……ちょっと何言ってるか分かんないですね」

騙《だま》されんぞ。

何で自分を転ばせた相手にやさしくするんだよ？

絶対にウラがあるに決まってる。

「まあいいや。で、入部する代わりにひとつお願いがあるんですけど」

ほら見ろ。

どうせあれだ。写真部を陽《よう》キャのたまり場にするつもりなんだろ。

ついでに俺をパシリにするつもりか？

なんて恐ろしい後輩なんだ……！

これがスクールカーストの頂点に君臨する女王の振る舞いか。高貴なる義務《ノブレスオブリージュ》はどこに消えた⁉

ああ……でも……部員はノドから手が出るほど欲しい……！

「……お願いって…………何だよ？」

警戒心マシマシで、いちおう条件を尋ねる。

そんな俺の態度を見て、水澄はクスクスと笑った。

「怖い顔しないでくださいよ。別に、フツーのお願いですから」

そう言うと水澄は一拍置いて。

「高橋先輩に私を撮って欲しいんです」

「――――」

ドキッとした。

真部
入部員募集
週1活動
初心者歓迎

ぶつかった時より。

手を握った時より。

その『お願い』に心臓が跳ね上がった。

「なっなん…そっ、に俺…名前……どうして？」

「……やっぱり覚えてないか」

「？」

覚えて？　何のことだ？

俺は余計に困惑したが、それを訊く前に水澄は相好を崩す。

「だって先輩って有名人でしょ。写真のコンクールで最優秀賞とか取ってたじゃないですか」

だから何でお前がそれ知ってんだよ⁉

そんなの中学時代の話だ。

もちろん高校では誰にもその話はしていない。

「だだっだ…誰……聞いっ…なっ⁉」

「顔芸ですか？」

違うわ！

「まあいいや。それよりさっきの話、どうします？」

「……」

水澄の出した交換条件は正直魅力的だ。

ていうか受けなきゃ確実に写真部はなくなる。

だが、だけど。

「わっ悪いけど………無理…だ」

「どうしてです？」

「俺は……もう………」

そこから先は絞り出すように答えた。

「人を撮りたく…ないんだ………今は風景専門」

俺は俯《うつむ》きながら答えたあと、落としっぱなしだったビラを拾い集める。

「……」

水澄はそんな俺を黙って見下ろしていた。

「じゃあ……ぶつかって悪かった」

俺は逃げるようにその場を離れる。

階段を降りるまで、ずっと彼女の視線が追いかけてきている気がした。


金曜日。

結局、部員は集められなかった。
朝から憂鬱《ゆううつ》なまま昼休みになり、俺は未練たらしく部室に向かった。
ここで飯を食えるのも今日で最後か。
「はあ〜」
あれこれ置いてた私物も持って帰らないと。
……重たいだろうな。
「はあ〜」
考えるほど憂鬱になる。
放課後になったら生徒会が来て、写真部は正式に廃部だ。
……やだなぁ。
やっぱ水澄の話に乗っときゃよかったかな。
もう人の写真は撮りたくないとか。
別にそんな………たいした理由じゃないし。
ほんの少しトラウマになってるだけで。
今なら大丈夫かも。
でもなぁ、あんな断り方しといて今更「やっぱ入って!」とか言うのは恥ずかしい。
けどこのままじゃ写真部がなくなってしまう。

「あぁあ～」

行くべきか、行かざるべきか。

俺が延々と悩んでいると。

いきなりバンッと部室の扉が大きな音をたてた。

「ブッ⁉」

驚いてパン屑《くず》が口から飛び出る。

何だ⁉　まさかもう生徒会が⁉

俺が慌てて振り向くと——そこには肩で息をした水澄が開いた扉の向こうに立っていた。

「やっと見つけた」

「えっあっななな何で⁉」

突然の水澄にビビり散らかす俺。

そんな俺めがけて、彼女はズカズカと部室の中に入ってくる。

そして。

「はいこれ」

水澄は一枚の紙を俺の目の前に突き出してきた。

これは部活動申請書？

部活名は……写真部⁉

しかも部員の欄に四人分の名前がある。

その内のひとりは『水澄さな』。

「お、おいこれ……？」

「だから、写真部に入るって言ったじゃないですか」

「いや……断ったし」

「部長に部員の入部を拒否る権利とかフツーにないですよね？」

そりゃそうだ。

「で、顧問の杉内センセーに話聞いたら廃部寸前って言われたので」

その次に水澄は生徒会に行き、写真部存続に必要な書類をもらったらしい。

それから名前を貸してくれる友達を三人確保。

四人目に自分の名前を書き、最後に部長の俺のところへ持ってきたそうだ。

行動力がすごい。

俺が一週間以上かけて解決できなかった問題をこうもあっさり。

「あとは部長のとこに高橋先輩の名前書くだけですよ」

空欄になっている部長の欄を指差しながら水澄は言う。

突如目の前に垂らされた蜘蛛《くも》の糸。

これに名前を書けば写真部は残る。

しかし。

「……何が目的だ？」

「それはこの前言ったじゃないですか」

「………俺に写真を撮って欲しいって？」

「はい」

水澄は頷くが、やっぱり何かウラがあるんじゃないかって勘繰ってしまう。

それでも……正直、かなり揺れてる。

だってこれが本当の本当にラストチャンスだと思う。

だけど。

「どっどうして……？」

「？」

「どうして……水澄はそんなに俺に撮って欲しいんだ？」

彼女は読《どく》モもやってると聞いている。

その気になればいつでもプロに撮ってもらうことができるはずだ。

なのに、こんな部員集めなんて七面倒なことしてまで俺に撮って欲しいと頼む理由が、どうしても分からなかった。

「先輩ってマジで疑《うたぐ》り深いですね」

水澄ははぁーとため息をつく。

「じゃあ、一回出てってもらっていいですか？」

「へ？」

「終わったら呼びますから。ほら、早く」

「ちょちょちょっ！」

強引に部室から追い出されてしまった。

仕方なく俺は廊下で水澄に呼ばれるのを待つ。

何か変なことしてないかと思ってドアに耳を当ててみるが、特に大きな物音はしない。

代わりにシュッとかシュルッとか聞こえてくる。

何の音だ？

布？

結局、音だけじゃ何をしているのかよく分からない。

そのまま結構な時間が経《た》った。

「センパーイ、どうぞー」

しばらくしてようやく部屋の中から声がかかる。

心なしか、その声は緊張していた。

何なんだホントに？

まるで予想がつかず、俺が恐る恐る扉を開けると――

――部室の中に金髪の巫女《みこ》さんが立っていた。


は？　え？　何？　どゆこと？

何で巫女さん？

どっから現れた？

ていうか水澄は⁉

カバンは机に置きっぱだ。

金髪と巫女服って意外と合うな。

……じゃねぇよ‼　これ誰だよ⁉

「なんっなんっ……あっの、みみ水澄は⁉」

「……それ、もしかしてギャグで言ってます？」

慌てふためく俺を見て、巫女さんが心配そうに尋ね……ん？　あれ？

「今の声……水澄？」

「私以外にいないですよね？」

「いやっ！　でもその髪、長さも違うし」

「ウィッグですよ」

「服も」

「フツーに着替えたんです」

着替え……いや、言われてみりゃ、そりゃそうかってなる。

だからさっき部屋から追い出されたのか。

ん？

ちょい待て。

なら…………さっきの布の音って。

ンンンンンンン⁉

「高橋先輩」

「ちっ違う！　決してやましい気持ちがあったわけじゃ⁉」

「何言ってんですか？」

水澄は首を傾げる。

どうやら聞き耳を立てていたことはバレていないらしい。

「それよりほらっ！　何か感想とかありません？」

「か、感想？」

「イリナちゃんかわいいやったー、とか」

「……イリナ？」

今度は俺が首を傾げる番だった。

イリナって誰だ？

そんなこちらの反応に、水澄は驚いた顔をする。

「まさかと思いますけど先輩、猫宮《ねこみや》イリナちゃんを知らないんですか？」

「……誰？」

「『龍神伝説』のヒロインですよ」

「知らない」

「マジすか」

素で返された。

水澄の説明によると『龍神伝説』――通称『リュー伝』は、某有名少年マンガ雑誌で十年以上連載してる大人気マンガらしい。

「もうめっちゃおもしろいですよ。妖魔と戦う王道バトルマンガですけど、『剣神五龍派』っていう剣の流派とか技の設定がすごい練られてて、奥義の詠唱も超カッコいいですね。私、五龍派の奥義詠唱全部暗唱できるんですよ？　あと絵がすごくいいです。キレーで。ヒロインかわいいしバトル迫力あるし服破けるし！　アニメもたまに作画崩壊ありますけど、神回はマジオススメです!!」

「へ、へぇー」

急に早口になる水澄の〝圧〟に俺はタジタジになる。

「『リュー伝』もイリナちゃんも知らないとか、マジヤバですね先輩」

「いや知らんし。あんまマンガ読まないから」

「そうなんですか？　まあ、私のコスの完成度が低いとかじゃなくてよかったですけど」

「コス？」

「コスプレです、コスプレ。そこも説明いります？」

「いや……いちおう分かる」

好きなマンガのキャラとかと同じ格好をすることだっけ？

つまりこの金髪巫女はその『リュー伝』のキャラのコスプレか。

水澄がマンガ好きってのも意外だったけどコスプレも好きなんだな。

もう俺は十分驚いていたが、彼女の話はまだ続く。

「もう一気に話しちゃいますけど、私、プロになりたいんですよね」

「プロって……コスプレの？」

「そうです」

素直にびっくりした。

話の内容もそうだが、こんな直で将来の夢や目標を語られるなんて滅多《めった》にない。

「今の内緒ですよ？　先輩にしか話してないですから、バラしたら一発で分かりますからね」

「お、おお」

じゃあ何でそんな大事な話を俺にするのだろうか？

「で、ここからが本題なんですけど、実は本格的にコスプレ始めたのって今年からなんですよね。だからまずはコスプレの写真とかＳＮＳにアップして、活動始めたいと思ってるんですす……けど」

そこで水澄は一度言葉を切る。

「……けど？」

意味深な間に、続けて何を言われるのかと俺はゴクリとノドを鳴らす。

そして、水澄は口を開き、

「私……自撮りが死ぬほどヘタクソなんですよね」

と、真顔で言った。

「死ぬほど？」

「死ぬほど」

「……そんなことあるのか？」

だって最近は自撮り棒とかグッズもあるし、カメラの手ぶれ補正とかも高性能だ。スマホでも簡単に綺麗《きれい》な写真が撮れる時代だと思うが？

「そんなことあるんです！」

水澄は恥ずかしそうにちょっと大声を出し、次いでビシッと俺の顔を指差す。

「とにかく！　そういうわけで私を上手に撮ってくれる専属カメラマンが欲しいんです」

「なる、ほど？」

いろいろ納得して、俺は頷く。

写真部の部室は校舎三階の隅だ。

滅多に人が来ない上に部員はぼっちの俺ひとりで、顧問の杉内もやる気がなくて全然顔を出さない。

秘密を守りたい水澄にとって写真部は好条件が揃《そろ》ってるというわけだ。

「でも……前にも言ったけど、俺はもう人の写真は……」

「先輩、私にここまで語らせといて断る気ですか？」

「そっ！　そっちが勝手に話したんだろ⁉」

「じゃあ廃部になってもいいんですね？」

「うっ……！」

そこを突かれると弱い。

「それに私が撮って欲しいのはコスプレ——つまりフィクションみたいなもんです」

ここぞとばかりに水澄は畳みかけてくる。

「だから人間の私を撮るんじゃなくて、ちょっと立体化した二次元のキャラクターを撮るのと同じって思ってください。おっきな人形《フィギュア》を撮るみたいなもんです」

「キャラクター……」

「そうです。たとえば今の私は水澄さなじゃなくて猫宮イリナ」

水澄さなじゃなくて猫宮イリナを、人間じゃなくてキャラクターを撮る。

めちゃくちゃなへリクツだ。

でも案外……俺自身を納得させる理屈としては、結構クリティカルな言い訳かもしれない。

「私は悪くない交換条件だと思うんですけど」

まだ悩んでいる俺の目の前で、水澄は部活動申請書をひらひらさせる。

「いい加減どうします、これ？」

「ぐぬぬ」

なんかちょっと腹立つ。

でも、やっぱり部室は欲しい。

「……分かった。俺が水澄のカメラマン…に、なるよ」

「やった！」

俺が渋々首を縦に振ると、水澄はかわいらしく拳《こぶし》を握る。

こうして写真部は存続し、俺は彼女専属のカメラマンになったのだった。

第二章◆◆◆水澄さんはぐいぐいくる

写真部の存続が決まった次の週。

「こんちはー」

「ぶっ！」

昼休み。俺《おれ》の憩いの場《部室》に水澄《みすみ》が現れた。

「ななっ、何の用だよ⁉」

「何って、先輩と一緒にご飯食べようと思って」

水澄は手にしたお弁当を見せてくる。

「おお俺と？　なんっ何で？」

「まあまあいいじゃないですか。ほら、机くっつけましょ」

俺の疑問は軽くスルーして、水澄は勝手に机同士をくっつけて対面の椅子に座る。

「先輩っていつもここでお昼食べてるんですか？」

それは毎日ぼっち飯でかわいそうって意味か？

「……悪いか」

「え？　何がですか？」

「…………何でもない」

ネガりすぎた。

ダメだ。水澄みたいにキラキラしたやつと話すと思考がバグる。

「ねぇ先輩先輩」

ていうか距離感。

距離感近いし。

「……何？」

「先輩のお昼、パンだけですか？」

「そうだけど？」

「それで足ります？」

「二個食ってるから足りる」

「栄養偏りますよ」

「いいよ別に。夜はスーパーでサラダも買うから」

「え？」

夜はスーパーと言ったところで、水澄がきょとんとした。

あー……。

「ウチ、家に親がいないんだよ」

「ええ⁉」

驚かれた。まあそりゃそうか。

「両親が離婚してんの。で、親父はいつも海外」

「先輩のお父さんって？」

「カメラマン」

「へぇえ！」

また驚かれた。でも今度はいい意味っぽい。

「先輩のお父さんってプロなんですね」

「まあ」

「すごいですね！」

プロという響きに水澄は目を輝かせる。

「先輩がカメラ好きなのもお父さんの影響ですか？」

「そう、だな」

すげー喋《しゃべ》るなこいつ。

俺みたいなやつにもバンバン話しかけてくるし。コミュ力おばけ。

「で、先輩」

「ん？」

「今日の部活なんですけど、早速私のコスプレ撮ってくれませんか？」

それが本題か。

「まあ約束だしな」

俺は頷《うなず》き、パンをコーヒー牛乳で流し込む。

「とりあえず、人を撮るセットなら部室にあるぞ」

「えっ！　ホントですか？」

「写真部だから」

誰《だれ》も使ってなかったが、いちおう道具はある。

「見てみたいんですけど」

水澄はわくわくした顔でこちらを見つめてくる。

「じゃあ、見るか？」

「はい！」

水澄は頷いて弁当箱のふたを閉じる。

あれだけ喋りながらもう食べ終わってたのか。器用な。

「こっちの棚にいろいろ置いてある」

俺はそう言いながら水澄を部室の隅に案内する。

そこには三段のスチール棚が置いてあり、写真部の備品が所狭しと並んでいた。

「ダンボール箱にいろいろ入ってますね」

「昔の先輩が置いてった物とかだな」

なのでたまにすごく古い備品とかが見つかる。

前に掃除した時なんかカビの生えたフィルムを発見した。

「確かこっちの箱に……あった」

埃《ほこり》をかぶった箱のふたを開けると、中から白いカーテンが出てくる。

「これを衝立《ついたて》にかけて白背景にする」

「少し汚れてません？」

「今度洗濯しとく。衝立は棚の横な」

「あ、これですね」

水澄は棚と壁の隙間《すきま》に収納された衝立をズリズリと引っ張り出した。

「……うん。高さも幅も十分そうだな」

水澄と衝立を見比べ、問題ないことを確認する。

「あとはレフ板もあるな」

「先輩、ライトは？」

「さすがにそれはない」

室内で撮影する時はライトとレフ板で光量を調節する。

だが本格的なスタジオライトともなるとお値段もクソ高い上に場所も取るのだ。

「蛍光灯で我慢してくれ」

「先輩の家にお父さんのがあったりは？」

「ない。カメラとレンズなら腐るほどあるけど」

「むー」

水澄はちょっと不満げだ。

「嫌ならプロにスタジオで撮ってもらえよ」

「嫌とは言ってないですよ」

そうかい。

その後もいくつか質問を受けたが、どれも問題なく答えられた。

問題があるとしたら水澄自身だ。

こいつ……近い。

「ねえ、先輩これは？」

「……っ!?」

だからっっっ距離感っ!!

何でそんな人のパーソナルスペースに気軽に侵入してくるんだ。

距離感バグってんのか⁉

あとなんかいい匂《にお》いするんだよお前。

これは……シャンプー？　石鹸《せっけん》？

とにかくそんな清潔な匂いが鼻先をくすぐる度に、脳みそがふわふわわする。

「先輩？」

「ななな何だよ⁉」

どもった。

しまったと思った時にはもう遅い。

「何ですか～？」

水澄はにやにやしながら下から覗《のぞ》き込んでくる。

「何でもない！」

「本当に？」

「本当だ！」

俺は頑《かたく》なに潔白を主張してそっぽを向いた。

水澄の視線がチクチク刺さって頬《ほお》が熱い。

「まあそういうことにしておきますか」

水澄はまだにやにやしてる。

「けど先輩、そんな調子でこれから大丈夫ですか？」

「何がだよ？」

「だって部室では毎日私とふたりっきりなんですよ？」

「あ」

いや、「あ」じゃねぇよ「あ」じゃ。

これじゃ俺がそんなことも分かってないアホみたいじゃないか。

……………その通りだけど。


「先輩先輩」

頭を抱える俺に水澄が小声で耳打ちしてくる。

「今度ちょっぴりエッチなコスで特訓してあげましょうか？」

「えっ⁉　はっ⁉　えぇっ⁉」

もうその発言がすでにエロいんですが⁉

思わず真顔になってしまう俺を見て、水澄がお腹《なか》を抱えて笑う。

「あはは、なに変な想像してるんですか先輩。単に女の子に免疫つけよーって話ですよ」

いや、今のは誰だって変な想像するから。

とはいえ、またからかわれてしまった。

もしかしてこれから毎日こんな感じか？

そう考えると憂鬱《ゆううつ》になる……けど。

いくら陽《よう》キャでも先輩男子にこんな冗談言うかフツー？

単に水澄の距離感がおかしいだけかもしれないけど。

その時、予鈴が鳴る。

「あっ、チャイムですね。じゃっ先輩、放課後楽しみにしてますから」

水澄はそう言うと弁当箱を持ってさっさと部室を出ていってしまった。

「………ふぅ」

飯食ってただけのはずなのになんか疲れた。

早めに水澄に慣れないと精神が保たなそう。

そんなことをしみじみ思いながら、俺も自分の教室に戻った。

「……？」

なんかやけに視線を感じる。

いつもは誰も俺のことなんて気にしないのに。

訝《いぶか》しみながら自分の席に座る——と。

「高橋《たかはし》」

前の席のやつがこちらを振り返り、急に声をかけてきた。

「んっ⁉」

なな何だ突然⁉

前の席のやつは…………確かサッカー部の伊剣《いつるぎ》。

フツメンだがスポーツマンだからか結構モテる。

つまり俺とは決して相容《あいい》れない人種だ。

事実、今まで話したことなどグループ授業の時しかない。

正直無視したかったが、この距離で聞こえなかったフリをするわけにもいかない。

「……な…何か、用？」

内心ビクビクしながら仕方なく返事する。

「いや、実はさ」

伊剣は人の机に肘をつきながらぐっと顔を寄せてきた。

「さっきあの水澄さなが高橋のこと探しに来たんだけど、知り合いなん？」

「……！」

って、あいつ教室にも来てたのかよ⁉

道理でやたら視線を感じると思った。

俺みたいなやつを探しに学校一の美少女が現れたら、そりゃみんな気にするわ！

「なぁーどうなん？　知り合いなら俺にも紹介して欲しいな～」

お陰で俺はこんなウザ絡《がら》みされるし。

かといって水澄のコスプレの件は秘密だし、あまり正直に話すわけにもいかない……でも、ならどう説明しろってんだ⁉

「なぁなぁ高橋～」

「いや、あの…それは、その！」

その後、教師が来て授業が始まるまで俺は必死に伊剣の追及をやり過ごしたのだった。

そんなこんなで放課後。

「どもー。お昼ぶりですね、先輩」

部室に現れた水澄を俺は不機嫌な顔でブスッと睨《にら》む。

「……」

「水澄」

「はい？」

「もう二年の教室に来るなよ」

俺が釘《くぎ》を刺すと、水澄はきょとんとする。

「何でですか？」

「クラスのやつに変な勘違いされるから」

「勘違い？」

首傾げるなよ。分かるだろそれくらい。

「ほら、普通に変だろ？　俺みたいなやつとお前みたいな……」

「私みたいな？」

「……とにかく、お前も俺と妙な噂《うわさ》されたら困るだろ？」

「別に困りませんけど」

「だよな、俺だって……え？」

予想外の反応に戸惑う。

絶対に「高橋先輩と私がぁー？　それはさすがに嫌ですねー」とか言われると思ってたのに。

「私、人の噂とか気にしないので」

「でも……嫌…だろ？」

「全然」

水澄はさっぱりと俺の言葉を否定する。

その、ともすれば淡白な物言いに、なんだか肩透かしを喰《く》らった気分だ。

そんな俺の内心などつゆ知らず、彼女はカバンを置いてニコッと笑う。

「それより早く撮りましょうよ！　こー見えて私、楽しみで昨日はあんまり寝てないんですから」

「あ…ああ……」

言われてようやくコスプレ撮影のことを思い出す。

「じゃあ、えっとまずは……」

「私の着替えですかね？」

「そっそうだな！」

水澄の着替えと聞いてまた上擦った声が出てしまった。

「俺、廊下…出てるから」

「あっ、いいですよ先輩。今日は衝立ありますし」

「え？」

「毎回外に追い出すのも悪いですから。この裏で着替えますね」

水澄はそう言うと衝立の後ろにカバンを持っていく。

背景用の衝立は彼女の姿を隠すのに十分な大きさだ。

だがしかし……！　女子が同じ部屋で着替えてるという事実だけで緊張する。

いやいや落ち着け！　昼休みにも早く水澄に慣れなきゃと思っただろ。

これくらいで動揺してちゃこの先たぶん持たないぞ？

冷静に冷静に……そう、木になれ。森で野鳥を撮る時みたいに存在感を消すんだ。

パサッ

「ん？」

ふと何かが落ちた音に気を取られ、ついそちらを見る。

そこにはスカートが落ちていた。

「は⁉」

衝立の下の隙間から水澄の足下が見えた。

彼女の細い足首に絡まるスカートも。

「高橋先輩、どうかしました？」

「い…いや！　なんっなっなな何でもない！」

水澄がスカート脱いでる。

水澄がスカート脱いでる。

水澄がスカート脱いでる。

そりゃ着替えてるんだから脱ぐだろうけども⁉

しかし、頭で分かってるのと実際に見るのとじゃ受ける衝撃が段違いだ。

何で事前にあの隙間をカーテンで隠しとかなかったんだ俺⁉

いやホント！　本当の本当に神に誓って気づいてなかった！　隙間といってもほんの数センチだし、今の今まで気にしてなかったし、覗くつもりなんてこれっぽっちも……！

とにかく明日からは先に衝立にカーテンをかけておこう。

今はただ目を閉じて……水澄が着替え終える前に己《おのれ》を鎮めろ！

「お待たせしました先輩」

数分後、衝立の裏から現れた水澄は昨日と同じ改造巫女《みこ》服を着ていた。

「お、おう…べ、別に待って、は⁉」

改めて見ると腰のスリットがエグい。

太ももなんて半分くらい見えてる。

人ががんばって平静を装ってるところに追撃するなよ！　卑怯《ひきょう》だぞ！

あんなの少し動いたら下着も見え……⁉

スリットから紐《ひも》見えてる。

何だあの黒い紐。

巫女服のパーツじゃないよなどう見ても……じゃあ、つまり……エッッッ‼

「どうかしました先輩？」

「ばっ⁉　んっんん‼」

危険物を晒《さら》しながら近づいてくる水澄に背を向け、とっさに咳払《せきばら》いをする。

「さっ……撮影の準備すっすするから…ちょい、そこどいてくれ」

「はーい。じゃあ、私もメイクしときますね」

そう言って、水澄は俺から離れていく。

ああ、命拾いした。

とにかくこの心臓に悪い撮影をとっとと終わらせよう。

俺は無心に撮影の準備を進め、その間に水澄もメイクなどを終わらせる。

「レフ板ここだから。顔が影になんないように意識しといてくれ」

椅子に立てかけたレフ板を指差すと、水澄は軽く頷いた。

プロの撮影現場ならレフ板を持つ係もいるが、ウチは実質二名の弱小文化部だ。足りない人手は工夫で補うしかない。

「ポーズは水澄の好きにしていいけど、屈《かが》みすぎると光が当たんないから」

「はーい」

水澄は了解とばかりに敬礼する。

モデル経験があると指示が楽でいいな。

……………………………………………………さて、あとは撮るだけだ。

俺はカメラを持つ。

「……っ！」

手が止まる。

震えてた。

あとほんの十センチカメラを持ち上げて、ファインダーを覗くだけなのに。

それを拒否するように目尻の肉がピクピクと痙攣《けいれん》した。
視界が狭《せば》まる。
頭がガンガンする。
中学の嫌な記憶が首をもたげそうになる。
「センパーイ。撮らないんですか？」
「！」
水澄の声で、我に返った。
「ス、スマン！」
慌てて返事をし、深呼吸。
中学の頃のことなんてもう忘れろ。
あの噂を知ってるやつなんてここにはいない。
それにこの撮影は水澄から頼まれたんだ。
俺から「撮らせてくれ」と言ったわけじゃない。
あと水澄も最初に言ってただろ。
今から撮るのはただのフィクション。
ちょっと立体化した二次元のキャラクターだ。
本物の人間を撮るわけじゃない。

なら平気だろ?

平気さ。

平気なんだ。

「……………」

俺はカメラを構え、そのファインダーを覗き込んだ。


撮影が終わった。

ほら……………たいしたことなかった。

たいしたことなかったけど、なんか疲れたな。

でも疲れた分、ホッとした。

無事に終わってよかった。

ふぅ……。

俺は心の中で安堵《あんど》のため息をつき、椅子に座ってカメラを置く。

そのままボーッとしてると、再び制服に着替えた水澄が衝立の裏から出てきた。

「先輩、お疲れ様です」

「……ん」

力が抜けたせいか返事もおざなりになる。

「……」

一方、水澄はなぜか無言でもじもじしてる。

時々こちらをチラチラ見てきて何かを訴えかけてきた。

これは……あれか？

「写真、見るか？」

「見たいです！」

水澄は食い気味に答える。

言いづらそうにしてたのはやっぱりそれか。

彼女なら最初から遠慮なしに「見たい！」と言ってきそうなものだが……まあ、気持ちは分かる。

誰だって〝結果〟を知るのは怖い。

それに真剣なら特に。

俺も……昔に、そんな覚えがある。

「ちょっと待っててくれ」

デジタル一眼なのでカメラでも確認できるが画面が小さい。

俺は部室のノートPC《ノーパソ》を引っ張り出してくる。

「あ、写真部ってノーパソあるんですね」

「何年も前の先輩が部に寄付してくれたらしい」

パソコンに撮った写真のデータを取り込み、ファイルを開く。

「ほら」

マウスを水澄に渡し、俺も横から写真の内容を確認した。

「……」

ああ、まあ悪くない。

なんだかんだモデルの素材はいいし……よく撮れてるんじゃないか？

チラッと水澄の横顔を盗み見る。

彼女は真剣に自分の初コスプレ写真を確認していき――そして、ひと言。

「なんか微妙ですね」

と言った。

………………………………は？

「微妙？」

「はい」

「どこが？」

思わず尋ねた。

水澄は表情ひとつ変えずに一枚の写真を指差す。

「たとえばこれとか、私のイメージとなんかズレてるんですよね」

「イメージ？」

「ほら、こっちも」
四、五十枚撮った写真の全てを水澄は微妙と切って捨てていく。
「高橋先輩ならもっとキラキラした写真撮れるんじゃないですか？」

いや、何だよキラキラって。

水澄のイメージとか知らんし。

そんないちゃもんつけられても困る。

出会って二日で要求値高すぎだろ。

「…………」

そう思ったが、そう言い返せなかった。

『まあ悪くない』。

自分の写真を見て、最初に浮かんだ言葉。

何だその妥協に満ちた感想は？

それって『いい写真』が撮れなかったって意味じゃないか？

なのに俺はそれで満足していた。

その事実に気づいた瞬間、腹の底がヒュッと冷える。

頭と心臓が重くなった気がした。

水澄の顔が見れない。

その時、下校時間を告げるチャイムが鳴る。

「あっ、もう今日は終わりですね」

「……」

「先輩?」

「ああ……帰るか」

俺たちは部室を片づけ、廊下に出た。

「それじゃ先輩、お疲れ様です」

部室の鍵《かぎ》をかけたあと、水澄はあっさりと帰っていく。

失望されたか?

最後まで彼女の顔が見れなかったから、それも分からない。

もしかしたら二度と部室に来ないかもしれない。

「……っ!」

いや、それならそれでいいじゃないか。

また部室が自由に使える。

万々歳だ。

「………………………くそっ」

俺はため息をついて、トボトボと家に帰った。

――で。

「こんちはー」

翌日、水澄は普通に部室に顔を出した。

彼女はデカい紙袋を持っていて、そいつを机の上にどんっと置く。

「……何だこれ？」

「『リュー伝』です」

紙袋の中を覗くとマンガの単行本が二、三十冊ほど詰められていた。

「持ってくるのめっちゃ大変でした」

だろうな。

「じゃあこれ貸すんで、来週までに読んできてください」

「は？」

突然の命令に俺はポカンとする。

「何で俺が……そんなことしなくちゃならないんだよ？」

「だって私のコスプレに協力してくれるって言ったじゃないですか」

「それは言ったけど」

「なのに先輩ビミョーな写真撮るし」

グサッ!!!

「で、どうしてあんなに微妙だったのか考えたんですよ」

グササッ!!!!!

「あんまり微妙微妙言わないでくれ」

「それってたぶん、先輩が『リュー伝』を読んだことないからだと思うんですよね」

人の抗議はスルーして、水澄はマンガの入った紙袋を無理やり俺に預けてくる。

「……ちなみに拒否権は?」

試しに尋ねてみたらニコッとされた
「あると思います?」

怖っ。


マンガが大量に入った紙袋は、それはもう重かった。

あぁー疲れた。

肩痛ぇ。あと紐が食い込んだ手も。

何で俺がこんな……興味もないのに。

「はぁ……」

『リュー伝』の入った紙袋を部屋の床に置き、適当に制服を脱ぎ捨てる。

そのまま部屋着に着替え、一階のリビングに下りて旅番組を見ながら夕飯を食べ始めた。

……おっ、いい景色。

場所は京都か。

いつか撮影遠征に行くために住所をメモる。

飯が終わったら風呂《ふろ》に入り、牛乳を飲んでからまた二階の部屋に戻った。

「あ～」

そのままベッドに仰向《あおむ》けに倒れ、慌ただしかった一週間分の疲れを吐き出す。

「………」

天井《てんじょう》をボーッと眺めながら、これからどうなるんだろうとふと思う。

どうなる、とはもちろん写真部と水澄のことだ。

昨日今日と振り回されっぱなしだ。

せっかく撮影に協力したのに文句も言われたし。

…………でも。

ただの難癖《なんくせ》なら、こんなモヤモヤしなかった気がする。

あいつに微妙と言われるまで、俺は自分の写真が劣化していることにも気づけなかった。

昔だったらあんな写真で妥協しなかったはずだ。

いや、それとも劣化したのは……俺自身か？


『高橋先輩ならもっとキラキラした写真撮れるんじゃないですか？』


不意に水澄に言われた言葉が蘇《よみがえ》る。

キラキラした写真。

女子っぽいファンシーな表現だ。

けど言いたいことは分かる。分かってしまう。

写真っていうのはその一瞬を永遠に切り取るものだ。

だからこそ被写体の持つ最高の瞬間を見極《みきわ》めてシャッターを切れるかが、カメラマンとしての腕前に直結する。

俺も昔は「その人が一番輝く瞬間を撮る！」と常に意気込んでいた。

いつの間にそれを忘れていたのか。

「……ああっ…………もうっ…くそッ！」

俺は枕《まくら》を壁に投げつけ、ベッドから起き上がる。

そんで借りたマンガを紙袋から取り出した。
これを読めと言った水澄の真意は正直よく分からない。
だが……悔しかった。
ほかのことならいい。でも。
カメラだけは退《ひ》けない。
まだそんなプライドが俺に残っていたことには驚いたけど……悔しいものは悔しい。
だったらどうするのか？
そんなの決まってる。
全部読破して、週明けにリベンジだ！
次こそは絶対に微妙だなんて言わせない。
俺は打倒水澄の決意を胸に掲げ、彼女に借りた『リュー伝』を読み始める。
——そして、数時間が経《た》った。
「……」
最初は勢いで読み始めたけど、結構おもしろいな、これ。
技の設定が凝ってるからバトルに駆け引きがあってハラハラする。
絵にも迫力があって、セリフ回しもカッコいい。
この奥義詠唱ってのも妙に心をくすぐられる。

水澄が暗記したくなった気持ちも分かってしまった。

あとヒロインがかわいい。

でも例の猫宮《ねこみや》イリナはメインヒロインじゃないみたいだ。

けど出番が多い。表紙にもなってる。

十七巻の巻末にあった人気投票でも二位だったし。

確かにここまで読んだ範囲では一番かわいい気がする。

特に主人公の竜斗《りゅうと》の前だと素直になれないところとか。

でも実は竜斗に助けられた過去があって、本当はずっと恩返しがしたいと思ってる。

しかし、素直になれないから竜斗のことを陰から助けてばかりで、イリナの気持ちは全然彼に伝わらないのだ。

そこが少し不憫《ふびん》だがいじらしくて、恩着せがましくしないところが健気《けなげ》にも感じる。

それにしても父親が陰陽師で母親がエクソシスト、本人は格闘巫女で妖魔を拳《こぶし》で調伏《ちょうふく》するってすごい設定だな。

あとマンガだからかスタイルが中学生離れしてるし。

しかもバトル中にやたら服が破ける場面が多いし。

そういうシーンがあるとつい手が止まってしまう。男だから。

「!?」

よく見たらイリナの下着が紐で黒だった。

水澄のあれってコスプレの一環だったのか。

いや、偶然黒いのを穿《は》いてただけかもしれないけど。

でもあれもコスプレだったのなら、彼女は本当に細部までこだわっていたことになる。

それを俺は……何だ？　『エッッッ』って？　バカか？　バカなのか？

実際バカなんだろう——だからロクな写真も撮れやしない。

対して水澄は真剣だった——コスプレに対する情熱を持っていた。

それはこのマンガを読まなきゃ分からなかったことだ。

「…………」

俺は彼女に対する認識を改めながら、もう一度『リュー伝』を読み直した。


週明け。俺が写真部に向かうと、水澄は先に部室にいた。

「あ、先輩。『リュー伝』読みました？」

「ん」

返事代わりに俺は借りたマンガを紙袋ごと返す。

「ホントに読んできてくれたんですね。で、どうでした？」

水澄は受け取った紙袋を机に置きながら尋ねてくる。

「どうって?」

「『リュー伝』の感想ですよー」

「あー……まあ、おもしろかった」

「でしょー」

まるでそれが自分の手柄のように水澄は得意気な顔をする。

「今度続き持ってきますね」

「ああ……あ、いや、自分で買うわ」

「めっちゃハマってるじゃないですか」

水澄はまた嬉《うれ》しそうに笑う。

「ちなみにどのキャラが好きですか?」

「え? いや……」

そういうの答えるのってなんか恥ずかしい。

俺が答えるのを躊躇《ためら》っていると、途端に水澄は頬を膨らます。

「もー恥ずかしがんないでくださいよー。私、誰かと推し語りとかめっちゃしたいんですから」

「推し? 語り?」

「好きなキャラのこととか話すことです」

「そんなの友達とすればいいだろ」

「私の友達に『リュー伝』読んでる子なんていませんもん」

「……そうなのか？」

「そうなんです。だから欲求不満なんですよ」

「ブッ！」

欲求不満って、お前⁉

「どうかしました？」

「いや……はぁ、何でもない」

たぶん深い意味はない。ツッコんだら負けだ。

「で、誰が好きなんですか？」

水澄は再び同じ質問をしてくる。

これは諦《あきら》める様子がない……おとなしく答えとくか。

「まあ……普通に竜斗が好き、かな」

「竜斗いいですよねー。正統派主人公って感じで」

おっ？

今ちょっとそわっとした。

「なんかカッコいいよな」

「好きなシーンとかあります？」

「そうだな……五巻で最初に奥義使うとことかかな」

「虎王《こおう》戦ですよね。師匠から受け継いだ技で倒す展開が最高でした」

「……！　そうそう、そこすごいよかった」

自分が好きと言ったところを好きと言われるとなぜだか嬉しくなる。

胸の内側がそわそわして、もっと話したくなってしまう。

これが推し語りってやつか。

「じゃあ学園の七不思議編と煉獄《れんごく》編だとどっちが好きですか？」

「どっちかと言うと煉獄編、かな？」

「竜斗の覚醒《かくせい》シーン？」

「それ」

ラスボス強すぎ……からの逆転は燃えた！

「私もあそこ大好きですよ。燃え燃えですよね。あと私的にはあのシーンのイリナちゃんが完全にメスの顔になってるところが……」

「……メス？」

「おっと」

水澄は自分の口をふさいでそっぽを向く。

また何かの用語か……あとで調べてみよう。

ていうか、今の仕草もそうだけど。

「……楽しそうだな」

「え？」

「テンション高くないか？」

「だって嬉しいんですもん」

「嬉しい？」

「先輩と『リュー伝』の話ができるのが」

そう言って水澄は机に肘をついた両手にあごを載せる。

「自分の好きな物を好きになってもらうのっていいですよね」

たまにコイツ恥ずかしいこと恥ずかしげもなく言うな⁉

あと……その……目！

そんな表情をしながら男を見つめるな！

「お前……それ、やめた方がいいぞ」

「はい？」

「絶対勘違いするやつがいるから」

思春期の男子なんて女子に話しかけられるだけで「まさかこの子俺のことを⁉」と勘違いする生き物なんだ。

水澄みたいなやつに間近であんな心許した顔されたら、即日結婚を申し込むアホすら出るかもしれない。

まあ、俺みたいに己の分を弁《わきま》えてるやつならそんなこともないけど。

「ねぇー勘違いってなんですかぁ？」

「……！」

とはいえ、心臓に悪いには違いない。

相変わらず距離感もおかしいし……変な妄想を膨らませる前に、とっとと本題に入ろう。

「そっ…そろそろ撮影しないか？」

「あれ？　先輩、今日はやる気ですね」

「いいから、早く」

「はーい」

水澄は頷いて近づけていた顔を引っ込める。

「じゃっ、とりま着替えますね」

「待った！　先に衝立にカーテンかけるから」

「いいですけど？」

とりあえず前回と同じ愚は犯さない。

シュルッ　シュッ
「〜〜〜」

でも衣擦れの音にドキドキするのはあんま変わんなかった。

それはまあ置いといて。

「お待たせしましたー」

「……ん」

三日ぶりに見る水澄のコスプレ。

衣装自体は変わってない——でも、今はそのクオリティの高さがよく分かる。

ウィッグの髪の長さからカラコンの色。衣装の丈。小物。よく見たら水澄の垂れ目もイリナと同じツリ目に変わってる。

「その目ってどうやってるんだ？」

「化粧とテーピングですね」

「へぇー」

プロのメイクさんじゃなくてもここまでできるのか、コスプレって。

思ったより奥が深い。

「じゃあ、撮るか」

「はい」

俺と水澄はカメラマンとモデルのポジションにそれぞれ立つ。

「……」

前回のリベンジという気持ちが強いせいか、今日はあまり手も震えなかった。

俺の準備は万端だ。

「お願いします」

撮影前に水澄は丁寧にお辞儀する。

そして顔を上げた時――そこには猫宮イリナがいた。

「⁉」

ウィッグや化粧で顔立ちまで再現しても、さっきまで話していた彼女は水澄さなだった。

それは表情や仕草、話し方が水澄のままだったから……今は違う。

妖魔を調伏する時の鋭い視線。

きゅっと結ばれた口元。

指先まで張り詰めた緊張感。

どれをとっても、レンズの向こうにいるのは紛《まぎ》れもなく『リュー伝』の猫宮イリナだった。

先週も同じ撮影をしたのに、あの時は何も感じなかった。

原作を読んだ今なら分かる——水澄のコスプレの再現度の高さが。
それは衣装や表情だけの話じゃない、ポーズにもこだわっているのが分かる。
たとえば今のは五巻の扉絵のポーズと同じだ。
でもあれはもっとイリナが上目遣《うわめづか》いの絵だった。
ならばと椅子を持ってきて、やや上から見下ろす角度で撮った。
これなら構図も完璧《かんぺき》だ。
こういうことだろ、水澄。
先週、俺の写真を見て彼女はイメージと違うと言った。
その意味がようやく理解できた。
今なら水澄がどう撮って欲しいのかが手に取るように分かる。
……………ああ……思い出してきた。
最高の一瞬を撮るためには、カメラマンとモデルの阿吽《あうん》の呼吸が必要だ。
ふたりの息がピッタリと合わなければ、決していい写真は生まれない。
人を撮らなくなってから、そんな基本も忘れていた。
「……ッ……ッ……ッ」
段々気持ちよくなってきた俺は、ひたすらシャッターを切り続けた。
しかし、そこで下校のチャイムが鳴る。

「……⁉」

いいところだったのに……！

俺はキンコンカンと音を鳴らすスピーカーをつい睨んでしまう。

「先輩チャイムにキレすぎですって。顔怖いですよ？」

「……」

そんな怖い顔してたのか？

自分の頬を触るが表情は分からない。でも、水澄になだめられて少し落ち着いた。

「ふぅ――」

一方、水澄は手近の椅子に座り、溜《た》まった疲労を吐き出すように手足を伸ばす。

よく見ると水澄の額には汗が浮き、少し憔悴《しょうすい》していた。

そりゃそうか。

さっきまでの水澄はイリナになるために驚異的な集中力を発揮していた。

それこそ髪の毛一本、爪先《つまさき》まで神経を張り巡らせたように。

あれは誰にでもできることではない。

一流の役者やモデル、あるいはアスリートが持つ能力だ。

だが当然それには多大な気力と体力を消耗する。

もしチャイムが鳴らなかったら、水澄は撮影中に倒れていたかもしれない。

彼女の凄味に当てられて撮影に夢中になってしまった……本来は、カメラマンの俺が彼女の限界を見極めて終わらせるべきだった。

ああ…本当に……何もかも忘れてたんだな…俺は。

俺はカメラを下ろし、撮影を終える。

それからまたノーパソを引っ張ってきて、撮ったばかりの写真を確認し始めた。

「写真のチェックですか？」

「……ん」

頷く。

少し間を置いて……俺はノーパソの画面を水澄に見せた。

「どうだ？」

訊くのは少し緊張した。

撮ってる間は夢中だったが、あれは俺が勝手にひとりで興奮してただけだ。

ていうか、思い返すほど自分のミスに気づいて恥ずかしくなってきた。

俺がいいと感じていても、本当は全然ダメかもしれない。

だから、今日の写真を水澄がどう思うか分からない。

彼女の求めるキラキラした写真は撮れただろうか？

「そうですね～」

なぜ溜める⁉

心臓に悪いんだが⁉

さっきからドドドドドドドドッてすごい音が耳奥で鳴り響いてる。

――と。

「めっっっちゃいいです！」

水澄は顔面偏差値五万点くらいの笑顔で頷いた。

「～～～っ」

なら早く言ってくれ！

緊張しすぎて息止めてたわ。

「ほらこれとか最高！　我ながら完璧にイリナちゃんじゃないですか？」

水澄は写真を指差しながらめちゃくちゃはしゃいでる。

その姿はいつもより若干幼く見えた。

まあでも、なんだ。

こんなに喜ばれると、さすがに嬉しいな。

「このポーズもいい感じに撮れてますよね！　角度もばっちり」

「五巻の扉絵だよな」

「即レスで巻数まで出てくるって、先輩マジでハマってますね」

「ふっ普通だ。……でも、やっぱレフ板を椅子に立てかけたんじゃ光の角度があれだな」

「レフ板固定する道具ってありませんでしたっけ?」

「レフ板ホルダーか? 部室にはない。ウチには……あったっけ? 今度見とく」

「あはっ、先輩頼りになるぅー」

「……っ!」

茶化《ちゃか》され、少しハッとする。

何で次のやる気出してんだ俺?

もうリベンジは済んだだろ。

ならこれ以上ガチでやる必要なんてないじゃないか。

「ね、先輩。次はいつ撮りましょうか?」

水澄は隣に座ったまま小首を傾げ、期待する目で見つめてくる。

次があることを全然疑《うたぐ》ってない。

これだから陽《よう》キャは……。

こっちの事情なんかお構いなしにグイグイくるし、距離感バグってるし、言うことに遠慮がないし、隙《すき》あらばからかうし、それに、それに……。

ああ、クソ……!

「次は……知らん」

俺はぶっきらぼうに答え、目を逸らして立ち上がる。

「えー、そんなセンパーイ」

途端に不満声を上げる水澄。

そんな彼女に、俺は続けて言う。

「俺はただのカメラマンだから、水澄がやりたいコスプレ決めないと撮影日なんて分かんねーよ」

「……アハハッ！　そりゃそうですよね！」

一瞬きょとんとした水澄はホッとしたみたいに顔を綻《ほころ》ばせた。

「～～～」

ああそうだよ、そりゃそうだろって話だろ。

だから、そんな笑顔を見せるな。

変な気持ちが湧《わ》きそうになる。

「ほら、さっさと片づけて帰るぞ！　残ってると杉内《すぎうち》がうるさいんだ！」

「はーい！」

第三章◆◆◆高橋君は水澄さんとお家で遊ぶ

「先輩ってあんまりマンガとか読まないですよね」

とある金曜日の昼休み。水澄《みすみ》と部室でダラダラしていたら、唐突にそう言われた。

「別に皆無じゃないけど……『リュー伝』とか」

「それくらいじゃないですかー。ほか何か読んでます?」

「雑誌についてた四コマとか……」

「ブッブー」

正直に答えたらハズレ判定された。

「何で読まないんですか?　サブカルは今や世界に誇るクールジャパンですよー?」

水澄はクソ雑な感じに質問を重ねてくる。

「何でって言われても……単純に外で写真撮ってると時間ないし」

人にもよるが、俺《おれ》の場合カメラはアウトドアな趣味だ。

撮りたいものを目当てに、あるいは探しに、休みの日は一日中外出することだって珍しくない。

「あとカメラは金がかかるから」

遠征費用とか消耗品とか。

レンズとか親父のお古で済むものもあるが、自分用に欲しいものとか集め始めると簡単に数万飛ぶ。

「だからあんまりほかに使う金がない」

「なるほど。別にマンガやアニメが嫌いってわけじゃないと」

「まあ別に」

そもそも嫌いになる理由がないし。

「へぇ～」

俺がそう答えると、水澄は急ににんまりと笑う。

「そういえば先輩って、今ひとり暮らしでしたよね」

「まあ、ほぼそんな感じだけど……」

「じゃあ、週末先輩の家に行っていいですか？」

「……はぁ⁉」

やきそばパン落としそうになった。

水澄が俺ん家に来る⁉

ななな何で？　いや…………………何で⁉

待て待て脳がパンクする。

とりあえず深呼吸。ひっひっふー。うん意味ないな！

「もしもーし、センパーイ？」

「⁉」

水澄に声をかけられ、今度こそパンを落とす。

「パン落ちましたよ？」

そんなのどうでもいいわ‼

「おんっおっ！　んんっ！　……俺ん家に、何しに来る気だ？」

何度か咳払《せきばら》いしながら、俺はなるべく平静を取り繕って尋ねる。

「ほら、この前の撮影。先輩が『リュー伝《原作》』を読んでくれたお陰で上手《うま》くいったじゃないですか」

「それは……まあ」

そこは認めざるを得ない。

俺が頷《うなず》くと、水澄は得意気にフフンッと鼻を鳴らす。

「つまり今後も先輩にいい写真を撮ってもらうためには、もっとマンガとかアニメに触れてもらう必要があるわけです」

「……そうか？」

「そうです」

自信満々に頷く水澄。

本当かと思わなくもないが、実績があるだけに否定しづらい。

「というわけで、土日使って一緒にサブカルのお勉強会をしましょう！」

沈黙を肯定と受け取ったのか、水澄は勢いに任せて同意を求めてくる。

その際、思いっきり机越しに身を乗り出してきたので顔がめっちゃ近い。相変わらず距離感に遠慮がない。あとチラチラ視界に入る谷間が気になる……！

「わっ分かったから！」

「わーい」

俺があさっての方を向きながら頷くと、水澄は喜んでバンザイする。

「何着て行こうかな〜。先輩の家に遊びに行くの楽しみ」

まるで明日のピクニックを楽しみにする子供みたいに、水澄はウキウキとしている。

「……」

なんか勝手に休日の予定が決められてしまった。

しかし、コスプレ撮影に協力するのは水澄との約束だ。

そのために必要なことと言われたら仕方がない。

約束は守らないとダメだからな。

ああ、本当に仕方ない。貴重な休日なのに。渋々ながら彼女につき合わざるを得ない。まったく面倒だなぁ、いやマジで――

「うおおおおおお！」

――その日の夜、俺は家中を死ぬほど掃除した。

深い意味は特にない。

そして翌日の土曜日。

俺は近所のスーパーで水澄を待っていた。

実はあいつとは地元が同じだったのだ。

すごい偶然もあったもんだ。

でもさすがに中学は別だったんだろうな。

あんなめだつやつがいたら噂《うわさ》くらい聞いたことあったと思うし……それに同中《おなちゅう》だったとしたら俺に声をかけるなんて百パーあり得ないいいはずだから。

「高橋《たかはし》センパーイ」

「……！」

唐突に聞こえてきた水澄の声に考え事を中断され、俺は顔を上げる。

「どもー。待ちました？」

「……いや…………別に」

本当は二十分前に来てた……とかどうでもいい。

それよりも水澄の私服だ。

自然に肩を出したオフショルにふんわりとした生地のスカート。

ファッション誌からそのまま出てきたような、まさに女子の春コーデという組み合わせ。それが恐ろしく似合っており、水澄が五割増しで美少女に見えるマジックが発生している。

「先輩ジロジロ見すぎですよぉ」

「わっ悪い！」

「いいですよー別にー」

反射的に謝る俺に、むしろ水澄は自分の服を見せびらかしてくる。

「このコーデどうですか？　今日は先輩のために気合い入れて選んだんですよ」

グフッ!?

言葉の破城槌《はじょうつい》で心臓を殴られたような衝撃。

冗談と分かっていても動揺してしまう男のさがよ。

「まあその…さすが読《どく》モ、だな」

「んん？　どういう意味ですか？」

「……センスがいいって話」

「もっとストレートに褒めてくれたらいいのにー。そんなんじゃモテませんよ？」

「ほっとけ」

水澄の舌は今日も絶好調だ……まあまあ慣れてきたけど。

「先輩の家に行く前にジュースとかお菓子とか買っておきましょう」

「ん」

元からその予定だったので、俺はカゴを持って水澄とスーパーに入る。

まっすぐお菓子コーナーへ向かうと、彼女は早速ドサドサとカゴにチョコやスナックを放り込み始めた。

「これとこれとこれと〜、あっ、これも買いましょう」

「こんなに買うのか？」

「ふたりならこれくらい食べません？」

「……まあいいけど」

女子って甘いものが好きなんだな。

それはそれとして、さっきから気になることがひとつ。

「ところで、その大荷物は何なんだ？」

「え？」

水澄はかなり大きめのリュックを肩にかけていた。

しかもリュックの底はズシッとしていて、やけに重そうだ。

「これはあとのお楽しみですよ」

フッフッフッと意味深に水澄は笑う。

不安になる笑い方だ……。

気になってさらに尋ねてみるが、結局リュックの中身は教えてくれなかった。

一抹の不安を残しつつ、両手にお菓子が大量に入ったビニール袋を持って俺の家へ向かう。

「おぉー、ここが先輩のお家ですか」

親父が建てた築十五年の二階建て一軒家だ。

珍しいものでもないだろうに、水澄は興味津々に眺め回している。

「ほら、早く入れよ」

ずっとそうされていても困るので、俺はさっさと玄関のドアを開けた。

「お邪魔しまーす」

「はいはい」

俺は先に靴を脱ぎ、ふたり分のスリッパを用意する。

「めっちゃ先輩の家って感じがしますね」

「何だそれ」

家に上がった水澄はやたらキョロキョロしていた。

ふとその視線がひとつのドアの前で止まる。

「ここ何の部屋ですか？」

「親父の部屋」

「あれ？　でも先輩のお父さんって？」

「たまーに日本に帰ってくるんだよ。まあ、今は仕事道具をしまう物置みたいになってるけど」

「へぇ～～～」

「……少し入ってみるか？」

「いいんですか？」

そんな興味津々な目で見られたらな。

まあ、親父もあんまり気にしないだろう。

「ほら」

俺は親父の部屋のドアを開け、水澄を中に招き入れた。

「わあっ！　写真だらけ！」

水澄は壁中に飾られた大量の写真を見て驚きの声を上げる。

「これ見てもいいですか？」

「いいけど、カメラにはあんま触るなよ」

「はーい」

水澄はいい返事をして、壁の写真を見学し始める。

釣られて俺も久しぶりに親父の撮った写真を眺め始めた。

「海外の写真が多いですね」

「まあな」

親父は世界中を飛び回るカメラマンだ。必然的に海外の写真も増える。

「人とか建物とか風景とか、いろんな写真がありますね」

「親父は気に入ったら何でも撮るタイプだから」

それは本当で、親父は撮るものに特にこだわりがない。

とにかくピンときたら人でもビルでも空でも何でも好きなものを撮る。

その全てがピューリッツァ賞もの……なんてことはさすがにない。

でも、全部いい写真だと思う。

「パパさんの写真いいですね。私好きです」

「ん。そうか」

親父の写真を褒められるのは嬉《うれ》しい。

「あっ、もちろん先輩のも好きですよ？」

「あーはいはい」

ヘタなフォローはしなくていいのに。

親父と俺に差があることなんて分かってる。

「もういいか？」

「そうですね。じゃあ、そろそろ先輩のお部屋行きましょうか」

「………ん」

俺は廊下に置いておいたお菓子の袋を持ち上げ、二階への階段をのぼる。

「あ、そういえば先輩の部屋ってテレビありますよね？」

「古いのだけどな」

「了解です」

そんな短い話をする間に階段も終わる。

二階には二部屋あり、俺の部屋は東側だ。

「……どうぞ」

俺は若干緊張しながら、自分の部屋のドアを開けた。

「へぇー、これが先輩の部屋ですか」

「そう、だな」

勉強机。テレビにテレビ台。クローゼット。ベッドにサイドテーブル。ほか、いろいろ。

たぶん平均的な高校生の部屋だと思うが、他人と比較したことがないので分からない。

昨日掃除しまくったので、とりあえず綺麗《きれい》だとは思うが……。

「……何してんだ水澄？」

「え？」

ちょっと目を離した隙《すき》に、気づいたら水澄のやつがなぜか人のベッドの下に腕を突っ込んでいた。

しかも俺が声をかけても生返事しただけで、ベッドの下をまさぐるのを全然やめない。

「いや、だから何してんだよ？」

「何って、エッチな本ないかなーって探してるだけですけど？」

「……はぁ⁉」

何なのこいつ⁉

「いいいきなり何してんだよ⁉」

「だって、男の子の部屋に来たら最初はこれするでしょ？」

「知るか！　それどこの世界の常識だ⁉」

「え？　マンガの？」

「現実と区別をつけろ！」

俺は水澄を強引にベッドから引き剝《は》がす。

「むー先輩、エッチな本どこに隠してるんですか？」

「誰《だれ》が教えるか！」

正解は勉強机の鍵《かぎ》つきの引き出しの中だ。

「あ、持ってることは否定しないんですね？」

「…………………」

やっちまったと思ったが、せめてノーコメントを貫いた。

「まあいいですけど」

水澄もたいしてこの件を追及するつもりはないみたいで、それ以上は尋ねてこなかった。

「それじゃ早速、先輩のためのサブカル勉強会を始めましょうか」

水澄は背負っていたリュックを下ろし、ジッパーを開く。

そして。

「じゃじゃーん！　『リュー伝』のアニメブルーレイボックスーかっこ画集つきー。わーパチパチパチー！」

と、水澄は宝物を見せるみたいにその箱を高々と掲げた。

「お……おお？」

「えー思ったよりビミョーな反応。これ、高かったんですよ」

テンションについていけない俺に不満顔の水澄。

いや、そんな口拍手にとっさに反応とかできないし。

「高いって、いくら？」

「えーっと」

水澄の口から出た値段を聞いて、俺は目ん玉ひん剝《む》いた。

「そそんなのどうやって買ったんだ⁉」

「お金ですか？　読モのバイト代ですよ」

「……そうか」

一瞬失礼な想像をしてしまった。反省。

「ていうか、今日の勉強会って『リュー伝』のアニメ観《み》ることなのか？」

「まずはアニメ入門編ってことで。先輩も知ってる作品の方がとっつきやすいでしょう？」

「まあ確かに」

「ささっ、準備して。早く観ましょ観ましょ」

「はいはい」

俺はブルーレイボックスを受け取り、テレビや再生機器の電源を入れる。

「お菓子とジュースはここ置きますねー」

そう言って水澄はベッドのサイドテーブルに物を置く。

それから彼女は躊躇《ためら》いなく俺のベッドに座り、隣をポンポンと叩《たた》いた。

「はい、先輩ここどうぞ」

「……⁉」

お前ホントそういうとこだぞ⁉

「い、いや……俺は床でいいって」

「それじゃお尻《しり》痛くなっちゃいますよ。遠慮しなくていいですから」

遠慮じゃねえぇぇんだよなぁ。

水澄は何でそういうの気にしないんだ。

それとも俺が男として認識されてないのか？

そう考えると少し癪《しゃく》に障るな。

なら俺だって遠慮しない……堂々と水澄の隣に座ってやる！

ツンッ！

「んっ⁉」

座った勢いで水澄の肩に触れてしまい変な声が漏《も》れる。

癪に障る云々なんて気持ちは一瞬で霧散した。

「どうしました？」

「ンンンイや⁉」

否定しようとしたが余計に挙動不審になった。

「？」

「あっ！　ほら、始まるぞ！」

俺はテレビの画面を指差して無理やり話を誤魔化《ごまか》す。

『これは伝説の竜の血を引く少年・竜斗《りゅうと》と妖魔の戦いを描く物語である』

そんなナレーションとともにアニメと熱い男性ボーカルの曲が始まった。

「ＯＰ《オープニング》めっちゃ動いていいですよね～」

「この歌、なんか聞き覚えある」

「え？　実は子供の頃に観てたとか？」

「どうだろ？　俺が覚えてないだけかも」

「まあ初代の曲はずっと人気ありますし。アニソン番組とかで聞いたのかもですね」

「それかな？」

あ、ＯＰ終わった。

それからすぐに本編が始まる。

『クッ……！　俺の中の竜の血が騒ぐ……！』

おおー！

竜斗が喋《しゃべ》ってる。

それを見てなぜか感動してしまった。

マンガの好きなキャラが動いてるって、なんかすごいな。

そのまま導入が終わり、竜斗が通う中学校にシーンが変わるが、そこにイリナがいるのを見て「あれ？」と俺は首を傾げる。

「イリナって転校生じゃなかったか？」

「アニメだと最初からクラスメイトなんですよ」

「え？　何で？」

「人気キャラだから出番増やすためだと思います」

身も蓋《ふた》もない返事が返ってきた。

「このくらいの改変はちょくちょくありますよ」

「へぇー」

まあ、マンガでもイリナが転校してくるのは第三話だし、たいした違いはないのか。

「一期はまだそんな多くないですけど、そのうちアニメオリジナル回とかありますよ」

「どんなの？」

「竜斗とイリナちゃんが喫茶店《きっさてん》でバイトする話とか」

「……竜斗ってバイトするんだ」

「しますしますチョーします！」

変な角度から意表を突かれてモヤッとする俺の横で、なぜか水澄は興奮気味に早口になる。

「そのバイトの制服がもうかわいくて！　フリルたっぷりに乳袋にー、スカートも短めだからイリナちゃんの太ももバッチリです！　パンチラはさすがになかったんですけど、パフェをこぼして生クリームまみれになるイリナちゃんは見れますよ。ちなみにフィギュアも出てます」

「へ、へぇー……」

乳袋って何だ？

意味は分からないが、なんとなくエッチな気がする。

「ちなみにそれ何話？」

「えっとー、三十話か四十話らへんですかね？」

じゃあ三十から四十の間くらいか？

となると、だいぶ先だな。すぐには見れないのか……。

……ん？

いや待て。三十か四十⁉

「水澄。『リュー伝』のアニメって全部で何話あるんだ？」

「え？　……だいたい三百話くらいですかね」

「さんびゃく⁉」

思わず俺は素《す》っ頓狂《とんきょう》な声を上げる。

「『リュー伝』のアニメも八年以上やってますからね～」

「待て待て！　三百話とか、そんな一気に観れないぞ⁉」

「あはは、そりゃそうですよ〜」

俺のツッコミに水澄が笑う。

「さすがに一日じゃ無理ですって。今日は一期の煉獄《れんごく》編までしか持ってきてないです」

「だ、だよな」

「はい。煉獄編だけならほんの五十話くらいです」

「そうかそうか」

それを聞いて俺はホッとする。

そこでちょうど第一話が終わり、第二話のＯＰが始まった。

再び熱いＯＰ曲を聴きながら、ふと「あれ？」と疑問が湧《わ》いた。

三百話中の五十話なら六分の一だなとか思ったけど、よくよく考えるとそれでも多くないか？

今の一話が約二十分。

これが五十話だから……。

計算するまでもなくヤバかった。

「み、水澄……」

「今日は学園の七不思議編まで観て、明日は煉獄編を観ましょうね」

恐るべき事実に気づいた俺に対し、水澄は先回りしてこの土日のスケジュールを告げた。

「ほらほら、ここイリナちゃん乳揺れポイントですよ」

「……」

「キャー！　ニチアサでここまでばっちり揺らすスタッフサイコー！　クーパー靭帯《じんたい》をなんだと思ってるんでしょうね？　あっ、先輩ジュース飲みます？　って、コップないですね」

「……下から取ってくる」

「どもです。じゃあ、イリナちゃんのおっぱいはいったん止めときますね」

「ん」

一時停止されたイリナの胸を横目に俺は部屋を出て階段を下りていく。

いや……まあ……約束は約束だしな。

それに水澄が俺の家に遊びに来るという事実に目が眩《くら》んで、ちゃんと詳細を確かめなかったのは俺だし。今から追い返すのもだいぶ気が引ける。

「……ああもう！」

食器棚からコップを取り出しながら仕方がないと諦《あきら》める。

こうなったら俺も覚悟を決めて、とことんつき合うしかないようだ——

——そして。

「いやー学園の七不思議編終わりましたねー。どうでした？」

「……おもしろかった」

その質問に俺は素直に答えた。

アニメならではの改変も「えぇ？」とか「すごっ」とか思いつつ、マンガとはまた違う感動を味わえて、気がつけばあっという間に時間が過ぎていた。

「竜斗の竜塵斬《りゅうじんざん》すごかったな……奥義詠唱がマジでカッコよかった」

「竜斗の声優さんいいですよね。日常シーンと戦闘のギャップの演じ分けが最高です」

「……声優？」

「キャラに声つける人のことです。ほら」

そう言って水澄はＥＤ《エンディング》曲が流れていたアニメを一時停止させる。

「竜斗の名前の横に声優さんの名前も書いてあるでしょう？　この人って『リュー伝』が出世作なんですよ」

「へぇー」

「ちなみに出世作って意味なら、イリナの声をやった槌屋《つちや》さんもそうですね」

「イリナの声もよかったな。イメージ通りというか」

「そうそう。イリナのツンデレな感じ出てますよねー」

「ツンデレ？」

「ツンデレっていうのはー」

水澄はさらにツンデレについて詳しく解説し始める。

『リュー伝』のアニメを観ている間も彼女が解説してくれたお陰で、今日一日でサブカルの一端を楽しく知ることができた。

そういう意味で勉強会本来の目的はしっかりと果たされたような気がする。

とはいえ、さすがに今日はもういい時間だ。

「水澄。そろそろ」

「あっホントですね、そろそろ」

俺が真っ暗な窓の外を指差すと、水澄も察したように頷く。

「気づいたらもう夜だったなー」

「ですね。じゃあ、ご飯作りましょうか」

「ん？」

「はい？」

「……」

「……」

「…………」

「先輩って好き嫌いとかありますか？」

「待て待て待て。話を進めようとすんな」

俺は慌ててストップをかける。

「お前……まさかウチで食ってく気か？」

「だって先輩、今日もどうせコンビニご飯の予定だったでしょう？」

「え？　いやまあ、そのつもりだったけど」

まさかの質問返しに、つい正直に答えてしまった。

すると水澄はやれやれといった具合に肩を竦《すく》める。

「前にも言いましたけど、それじゃ栄養偏りますよ」

「お前は俺の母親か」

「かわいい後輩です」

「自分で言うな」

「まあ冗談は置いといて」

こちらのツッコミを軽く流し、水澄はイタズラっぽく笑う。

「今晩はいつもお世話になってる先輩に、私の手料理をごちそうしちゃいます」

「お前、料理までできんのか？」

「こう見えて家事全般得意ですから」

こいつ完璧《かんぺき》超人かよ。

あまりの隙のなさに逆に呆《あき》れていると、急に水澄はもじもじし始める。

「それに……今夜はまだ先輩と一緒にいたいんですもん」

んーーーーーっ。

いや、耐えた！　今のは耐えたから。そんな見え見えのぶりっこにまで引っかからないからな、俺は⁉

「……意味分からん冗談言うなよ」

「えー冗談とかヒドいですよー、センパーイ」

言葉とは裏腹に水澄はクスクスと笑う。

「でも、もう少し一緒にいたいっていうのはホントですよ？　まだまだアニメの感想とか話し足りないんですもん」

「いやでも、もう遅いし……」

「じゃあ晩ご飯だけ！　食べながら最後にもうちょっと話しましょう？」

往生際わるっ！　子供か？

そんなにまだ帰りたくないのか……。

「水澄の親は大丈夫なのかよ？　飯の準備してんじゃないのか？」

「大丈夫です。今日は帰ってこないので」

なら、どこで食っても一緒か。

……別に水澄の手料理に心惹《ひ》かれたわけじゃない！

「分かった。じゃあ、飯食ったら帰れよ？」

「はーい！」

俺が根負けする形で頷くと、水澄は途端に表情をパァーッと明るくする。

また彼女に丸め込まれたような形だが……まあ、こんなに喜んでくれたなら別にいいか。

「それじゃ早くスーパー行きましょう。どうせ冷蔵庫にロクなものないでしょ？」

「はいはい」

「スーパー着くまでに何食べたいか考えといてくださいね？」

ルンルン気分の水澄に引っ張られてベッドから立ち上がる。

彼女に何を作ってもらうか……悩む。

突如降って湧いたビッグイベント。こんな機会、二度とないかもしれない…………スーパーに着くまでに決められるだろうか？

そんな風に頭を悩ませつつ、俺は財布を持って彼女と一緒に家を出るのだった。

第四章◆◆◆水澄さんは学校でイケナイことをする

水澄《みすみ》が写真部に入り、かれこれ一ヶ月が過ぎた。

最初はどうなることかと思ったが、昼休みや放課後に何度も顔を合わせるうちにだいぶマシになってきた気がする。

相変わらず距離感無視でぐいぐいこられると対処に困るのだが……。

だが向こうから勝手に自分のことを話してくれるのと、継続しているサブカル勉強会のお陰で、彼女についてだいぶ詳しくなった。

まず水澄は少女マンガより少年マンガが好き。特にバトルマンガ。

好きなゲームは格ゲー。投げキャラが得意。

アニメは雑食。リアタイ派。

グッズ系は部屋に置き場がないのでキーホルダーばかり集めているらしい。お陰で彼女のカバンからはいつもジャラジャラと音がする。

俺《おれ》も『リュー伝』の竜斗《りゅうと》のキーホルダーを彼女からもらった。

今日もカバンにつけてる……これってある意味お揃《そろ》いだよな？

「フッ…フフッ……フ」

「高橋《たかはし》先輩？」

「ボフォオッ!?」

突然、背後から水澄に声をかけられて俺は盛大に噴き出した。

「何笑ってるんですか？」

「ななな何でもない！」

キーホルダーを眺めてニヤニヤしてたのは見られてないよな？

「……まあいいですけど。それより先輩」

いつもならもっとイジッてくるところだが、ほかに用があったらしく水澄は話題を変える。

「今日、写真部のノーパソ使ってもいいですか？」

「ノーパソ？　何に使うんだ？」

「『奏々《そうそう》のカナリア』っていうPCゲームです」

そう言って水澄はカバンからDVDケースを取り出し、夕方の音楽室に佇《たたず》む美少女が描かれたパッケージを見せてくる。

「通称『奏《かな》カナ』っていって最近アニメ化して。おもしろかったからネットで感想漁ってたら『原作が最高』って言われててー、そしたらやりたいじゃないですか？」

水澄は早口に経緯を説明する。

だがゲームを手に入れたはいいものの、肝心のゲームをやるパソコンが家にないらしい。

「で、写真部にならノーパソあったの思い出したんです。というわけで、お願いします！」

水澄は両手で俺を拝んで頼み込んでくる。

「別に…水澄も部員なんだし、それくらい使っていいぞ」

「どもです。あっ！　それとなんですけど」

「なな っ何だよ⁉」

急に顔を近づけられるのは未《いま》だに慣れない。すぐどもってしまう。

「このゲーム、よかったら先輩も一緒にやりませんか？」

「俺も？　何で？」

「次のコス、『奏カナ』のシオリたんにしようと思ってて。でも私がクリアしてー先輩に貸してーだと、二倍時間かかっちゃうじゃないですか」

「あー…なるほど」

いい写真を撮るために、俺も原作に触れる。

気づけばそれが俺たちのルールになっていた。

で、今回は水澄も初見のゲームだから、ふたりで同時プレイして時短したいと。

「それ、ふたりでやれるゲームなのか？」

「ノベルゲーですから。ストーリーを読むだけで大丈夫ですよ」

それならやれるか。

「じゃあ、やるか」

「どうもでーす」

水澄は嬉《うれ》しそうに頷《うなず》き、備品棚からノーパソを取ってくる。

「あっ、先に部室の鍵《かぎ》かけてもらっていいですか？」

「ん……あー、分かった」

顧問の杉内《すぎうち》ですら滅多《めった》に部室まで来ないとはいえ念には念をだ。

俺が鍵をかけている間に、すでに水澄はノーパソにゲームをセットしていた。

「なんかカリカリ鳴ってるな」

「読み込みに時間かかってますね～。でもスペックは足りてると思いますよ？」

なら待つ間に『奏カナ』のパッケージでも見るか……と思ったが、机の上にケースが見当たらない。どうやら水澄がカバンにしまったようだ。

まあ、別にいいんだけど……。

やや手持ち無沙汰《ぶさた》になりつつ、ゲームデータの読み込みが百パーになるのを待つ。

と、ついにフルスクリーンでゲームウインドウが表示され――同時に大音量の音楽がスピーカーから流れ始めた。

「うっさ！」

「わわわっ！」

水澄が慌ててカバンからイヤホンを取り出してノーパソにブスリと差し込む。

とりあえずそれで外に音は漏《も》れなくなったが、まだ耳がキーンとしてる。

「あはは、音量設定が最大になってたみたいですね」

「まあ普段は音の出るような操作あんまりしないからな」

とりあえず誰《だれ》かが聞きつけてくる様子もないし、問題ないだろう。

「じゃあ……はい先輩」

「……え？」

なぜか水澄にイヤホンの片方を渡された。

「いや……何？」

「何って、イヤホンはこれ一個しかないですから、半分こしましょう」

「⁉」

水澄とイヤホンを半分こ⁉

「おまっ⁉　こここれしし新品だよな？」

「そんなわけないじゃないですか。私が普段使いしてるやつですよ」

じゃあ何か？

日常的に水澄の耳に入ってる物を俺の耳に入れろと…………⁉

「どうしました？」

水澄は内心の葛藤を見透かしたようにクスクス笑う。

「たかがイヤホンで気にしすぎですよ」

「そそそうだよな⁉」

「はい。じゃあ私はこっちの左耳に入れるので、先輩は右で」

「お、おうっ⁉」

水澄に促され、俺は恐る恐るイヤホンの片方を右耳に入れる。

にゅぷっと音がして、背筋がゾクッとした。

たかが間接イヤホン。

彼女の言う通り気にしすぎだ。

これくらいっ……全然たいしたことじゃない！

「じゃあ、とりまスタートしますね」

そう言ってマウスをカチカチし始める水澄の肩が俺の肩に触れる。

「……ッ」

ち、近い……！

水澄の距離感がおかしいのはいつものことだが、今日は格段に近い。

肩も二の腕も、ついでに膝《ひざ》や太ももも当たりまくりで密着状態だ。

特に顔と顔の近さがヤバい。

いや、イヤホンで繋《つな》がってるから仕方ないんだけど……！

もう制服の下は汗が噴き出しっぱなしだ。

しかもそのイヤホンのせいで逃げたくても逃げられない。

もう心臓バクバクだ。

「あ、これ主人公の名前変えられますね」

一方、水澄は気にしていないようにゲームの設定とかイジッてる。

「先輩、どうします？」

「すっ好きにしてくれ」

「じゃあ『センパイ』で」

「………何でだよ⁉」

「好きにしていいって言ったじゃないですか」

水澄はこちらを向いてコロコロ笑う。

その顔も……近い！

見慣れた彼女の笑顔も間近ならこの威力だ。

ヤバい。

「〜〜〜！」

俺は気を紛《まぎ》らわせるためゲームに集中する。

ストーリーは事故のショックで声が出なくなった少女シオリと、元天才ピアニストの主人公が出会うところから始まる。

最初はただのラブコメっぽい展開が続く。

だが徐々に音楽を通して主人公とシオリは親しくなっていき、

『シオリのことが好きなんだ』

と、画面の中の主人公が告白をした。

シオリは無言でそれに頷いて微笑んだ描写がされる。

「つき合うの早くないか？」

「そうですか？　だいぶ丁寧に段階踏んでたと思いますけど」

「でも、これだと話が終わっちゃわないか？」

まだ主人公たちが抱えてる問題はほとんど解決してない。

ここで話が終わったらいかにも中途半端《ちゅうとはんぱ》だ。

「あっそれなら大丈夫ですよ。『奏カナ』はこのあとも続きますから」

水澄の言う通り、ふたりが恋人になっても『奏カナ』は普通に話が続いた。

次の週末に初デートに行くようだ。

「そういえば先輩ってカノジョいます？」

「ブッ⁉」

唐突に水澄がブッ込んできた。

「いいいっいきなり何だお前⁉」

「別にフツーの会話だと思いますけど？」

怖っ。陽《よう》キャって日常会話で気軽に爆弾を投げ合うのか。

言葉の爆弾をぶつけられたら陰キャは普通に死ぬのを知ってくれ！

「………………いない」

俺はノドから振り絞るように小声で答えた。

「今はってことですか？」

「……いたこともねぇよ！」

半ばやけっぱちで素直に白状する。

で、人が恥を忍んで答えたというのに、水澄は……。

「……ふーん」

なんだその反応⁉

最初から興味ないなら聞かないでくれ！

「そういう水澄こそ……」

さすがに文句のひとつも言ってやろうと思ったところで——

『シオリ……いいか？』

――なんかゲームがエッチシーン《とんでもないこと》に突入してた。

「ほぁあ⁉」

突然の肌色にビビり散らかして椅子から立ち上がってしまい、イヤホンが勢いですっぽ抜ける。

「先輩静かにしてください」

「いやっ⁉　ちょっ……！　なんっ何だこれ⁉」

テンパる俺に対し、水澄は『何が？』とでも言いたげに首を傾げる。

「何って……これからシオリたんと初エッチですけど？」

「初エッ⁉」

ドストレートなワードを聞いて、ふと気づく。

「これ……もしかしてエロゲーってやつか？」

「そうですよ」

あっさり認めやがった！

「何で⁉」

「……質問の意味が分からないですけど、強いて言うなら『奏カナ』がエロゲーだからです」

「はあぁ⁉　だってこれ、アニメ化したんだよな⁉」

「『奏カナ』は原作がエロゲーですけど、人気が出てコンシューマー化して、それからアニメ化したんです」

「コンシューマー？」

「家庭用っていうか、要するにエロなしの健全版です」

「ならそっちやればいいだろ！」

「だからー、ネットだと『原作版の方がいい』とか『エロシーンないと意味ないだろ』とか言われてたんですよ」

水澄はため息をつきながら肩を竦《すく》める。

「そしたら原作をやってみたくなるのが人情ってもんでしょう？」

「いやでも……高校生がこういうゲームは」

「先輩だってエロ本くらい持ってるじゃないですか」

「……」

俺は目を逸らした。

「それに調べた限り『奏カナ』は純愛ゲーですから、抜きゲーみたいなエッグいシーンはないと思いますよ」

何となく意味は伝わるが……エグいのもあんのか。

「ほら早く座ってください。早く続き見たいんですから」

水澄は椅子を叩《たた》いて急《せ》かしてくる。

どうやら恥ずかしがってるのは俺だけみたいだ。

普通こういうのは女子の方が嫌がるんじゃないか？　……いや、水澄だしな。

「……はぁ」

俺は諦《あきら》めて椅子に座り直し、改めてイヤホンを耳につけた。

それから再開される文字送り。

新しく表示されるテキストを読むが……うおぉぉぉ。

表示されてるイラストがそもそもエッチなんだが、そのシーンの描写が丁寧で、もうなんか恥ずかしい！

何で俺は放課後の部室で後輩女子とエロゲーをやってるんだ。

思わず自問自答する。

と――その時。

『アッ……ガタンッ！

「抜き？」

びっくりした。

理由はふたつ。

ひとつ目はシオリのセリフに声がついたから。

作中で彼女はずっとスマホのメモ帳で主人公と会話していた。

だからこれまでセリフはあっても無音声だったのだが、急に色っぽい声がついた。

たぶん、気持ちよくなって（？）声が出た……ってことなんだと思う。

不意打ちでそんなエッチな声を聞いたら誰だって驚く。

で、びっくりした理由のふたつ目は。

「……今の水澄か？」

「え？ 何がですか？」

俺が隣の水澄を見ると、彼女もこっちを見た。

その態度はいつも通りに見えるが……頰《ほお》が真っ赤《まっか》だ。

「椅子蹴《け》ったろ、今」

さっきの大きな音の正体はたぶんそれだ。

「えっ、あ」

水澄は珍しく目を泳がせ、焦《あせ》りの表情を浮かべる。

「な、ナンノコトデスカ？」

誤魔化《ごまか》してきた。

いや、ヘタクソか。

「…………イヤホンはずれてるぞ」

「あっ！」

指摘されて水澄はパッと自分の耳を押さえるが、当然そこにイヤホンはない。

さっき彼女がビクッとなった時にはずれたのだ。

「……」

正直、エロゲーのボイスより水澄の反応に驚いた。

だってこのゲームを持ってきたのは彼女だし、その手の話にも耐性があるんだと思ってた。

それが案外……。

と、その時下校のチャイムが鳴った。

「あっ！　も、もう帰らなきゃですね！　それじゃ先輩、また明日！」

水澄は弾かれたようにカバンを持って部室から出て行く。

あまりに動きが速すぎて呼び止める間もなかった。

「……まあいいか」

珍しく水澄が弱味を見せたとも思ったが、よくよく考えたら俺も別に強くない。

このチャンスを活《い》かして反撃……なーんて、できるはずもないだろう。

俺も今日は家に帰って、さっきのことはとっとと忘れ……。

「……あっ！」

『奏カナ』のゲームが部のノーパソに入ったままだった。

ディスクを入れるケースは水澄が持って帰ってしまったが、これを部室に放置しておくのはマズいよな……。

仕方ない。

俺は『奏カナ』の入ったノーパソをカバンに入れる。

今日はこのまま持って帰って、明日水澄に返すとしよう。

俺は普段より重いカバンを持ち上げ、鍵をかけて部室をあとにした。

翌日。昼休みは見なかったが、放課後になると水澄は部室に顔を出した。

「よ、よお」

「……ども」

水澄は言葉少なに自分のカバンを置き、俺の対面に座る。

「……」

「……」

何て声をかければいいんだ。

昨日の件は触れちゃマズいのか？

いやでも、ゲームソフトなんて高いんだろうし、ちゃんと返さないと……！

「み、水澄！」

「はい？」

「ほらこれ……昨日忘れていったろ？」

俺はカバンからノーパソを取り出し、水澄の前に置く。

それで彼女もその中にゲームを入れっぱなしなことを思い出したのか、目を丸くして軽く苦笑いした。

「別に部室に置いてってもよかったのに、わざわざ持って帰ってくれたんですね？」

「いや、万が一があってもマズいし、いちおう大切なものだろ？」

「……ありがとうございます」

あの水澄がしおらしいだと……！

慰め、いや、何て言って慰めるんだ？

あんな不意打ち誰だってびっくりする、とか？

……たいした慰めになってない気がする。

どうするどうする……と俺が悩んでいると。

「じゃあ、昨日の続きやりましょうか」

水澄はノーパソを開いてゲームをやる準備を始める。

「……やるのか？」

「やりますよ。先輩は？」

「まあ、水澄がやるなら……」

意外と大丈夫なのか？　どうなんだ？　分からん。

とにかく昨日の一件は触れないことにして、『奏カナ』の続きをやる。

もちろん例のエッチシーンの続きからだ。

やはりシオリの声が出たのは物語的にも驚きポイントだったらしい。

『シオリ、今の、声が⁉』

さらに続きを読んでいくと、どうやら彼女が主人公に心を開いたことで声が出るようになった……という理屈らしかった。

エッチの時に声が出たのは、ただのきっかけらしい。

まあそりゃ、心を許さなきゃ恋人とエッチなんてしないだろうけど。

セックスは高度で優秀なコミュニケーション……とかいう四方山話もどこかで聞いたことがある気がするし。

健全な男子高校生には実感の湧《わ》かない話だけども。

とまあ、とりあえずそこは置いとくとして。

その後も主人公たちは心と体を重ねていき、互いの関係を深めていく。

主人公もピアノへの情熱を取り戻し、ついにコンクールに出ることになった。

だが本番直前で再びトラウマが再燃して彼は震えが止まらなくなってしまう。

彼がかつてピアノを諦めたのは、周囲の心ない言葉のせいだった。

と、そこへシオリが駆けつける。

『大丈夫よ。あなたのピアノは私のことも救ってくれたもの』

主人公の窮地に、彼女はついに完全な形で声を取り戻し、彼にやさしい言葉をかけた。

震えの止まった主人公は無事にピアノを弾《ひ》ききる。

そして数年後のエピローグでは、プロとなった彼の演奏にシオリが唄を合わせ、そのままエンドロールとなった。

「……スンッ」

素直に言おう…………名作だった。

これは人気が出るのも分かる。

全体としては明るい雰囲気だったが、意外と切ないシーンも多かった。

特に主人公とシオリの関係がよかった。

なんかお互いがお互いのためにかけがえのない存在になるのが……いい。

ダメだ語彙力……ほかに言葉が思いつかない。

ちょっと泣きそう。

俺は鼻声を誤魔化すために大きく深呼吸する。

「なんつーか、よかったな」

「ですねー。これは原作を薦める人の気持ちも分かります」

頷く水澄の目も軽く潤んでいた。

「やっぱりセックスには〝愛〟がないとダメですね。心を通じ合わせるセックスというか、心が通じ合った結果のセックスというか、常にふたりの心理描写に〝愛〟が感じられてよかったです。最初はネットの感想も原作厨《ちゅう》の書き込みかと思いましたけど、確かにこれはエッチシーン込みで評価しないとって気がしますね。いえ、アニメもおもしろかったから原作に手を出したんですけど、それを差し引いてもふたりのセックスは」

クリア直後で感極《かんきわ》まってるのか、水澄の口から怒濤の如《ごと》く感想が溢《あふ》れて止まらない。

その感想も俺とは語彙力が段違いだし、言ってることも本当にその通りというか同感なんだけど……何度も連呼される「セックス」の単語で思春期の脳みそが引っ張られる。

いやでも、実際これは原作のエロゲーをやってよかったな。

俺はまだ観《み》てないけど、アニメだけだとこのふたりの心理描写は把握できなかったと思う。

「ていうか、ここら辺アニメだとどうしてたんだ？」

「アニメだとデートでキスしてから喋《しゃべ》れるようになってましたね」

「なんか……まあそうなるのか」

「あっ、でもアニメはアニメで主人公がシオリに自作の曲をプレゼントするんですよ」

「………へぇー」

自作の曲をカノジョにプレゼントとか若干黒歴史な気が……。

「その曲なら私のスマホにダウンロードしてありますよ。聞きます？」

「あっ、じゃあいいか？」

「はーい。それじゃ一回イヤホン抜いて」

水澄はイヤホンをノーパソからスマホに差し替える。

それから音楽アプリを起動すると、アニメ版『奏カナ』の作中曲の再生ボタンを押す。

……これは。

「これもいい歌ですよね」

「ん」

よく考えたら実際はプロが作曲したものを使ってるのだろうし、素人《しろうと》の自作曲とはクオリティが全然違うのはむしろ当たり前だった。

まあそれはいいとして……いい曲だ。やさしい歌詞が心に染《し》みる。

「なんか、この曲が『奏カナ』で流れるとこ観たくなるな」

「ブルーレイ出たら一緒に観ましょう」

それからも俺たちはゲームを終えた余韻を楽しむように、しばらく『奏カナ』の話で盛り上がった。

「……って、もう五時過ぎか」

「あ、ホントですね」

いつの間にか夕方だった。

思ったより『奏カナ』の話に夢中になっていたようだ。

「しゃーない。今日はこの辺で帰るか」

「あっ、ちょっと待ってください。帰る前に少し撮っていきましょう」

立ち上がろうとした俺を水澄が止めてくる。

撮るってのはもちろんコスプレのことだろうけど……。

「でも今からそんな時間ないぞ?」

「大丈夫です」

そう言って、水澄はいきなりパーカーを脱ぐ。

その下からはもちろん制服……だが、少し違和感、というか見覚えが。

「……それ、『奏カナ』の?」

「正解です」

水澄が着ていたのは学校指定の制服ではなく、『奏カナ』でシオリが着ていたブレザーだった。

「パーカーの前閉めてたら案外バレないもんですね」

イタズラが成功したみたいに水澄はクスクスと笑う。

まさかこのために今日一日それで過ごしたのか……呆《あき》れた。

「今日はシオリたんに合わせたナチュラルメイクですし、あとはスカート穿《は》き直して髪変えればすぐ撮影できますよ。だから先輩……ね？」

「わわっ分かったって！」

水澄のおねだりに負け、俺は撮影を了承する。

まあ結局コスプレ撮影で時間がかかるのは着替えやメイクだ。そこが短縮できるなら、下校までに一回くらい撮影するのは可能だろう。

「お待たせしました」

スカートを穿き替えてウィッグを被った水澄が衝立《ついたて》の裏から現れる。

そのコスプレのクオリティは相変わらず高い。

――さらに。

「先輩《センパイ》」

「……！」

今一瞬、本当にシオリに名前を呼ばれた気がした。

もちろんそれは声のトーンや水澄の雰囲気作りもあるが、さっきまで『センパイ』の名前で『奏カナ』をプレイしていて、脳内再生が余裕だったせいもある。

ゲームの中で何度もあられもない姿を見せた少女が目の前に……。

いや、待て待て待て。それはゲームの話だ。

現実とごっちゃにするな。

「そ…それじゃ衝立の前に立って……」

「あっ、待ってください」

いつも通り衝立の白カーテンを背景に撮ろうとしたら水澄に止められた。

「今日はそっちじゃなくて、こっちで撮りましょう」

そう言って、水澄は教室の窓際に移動する。

そして彼女は上履きと靴下を脱ぐと、机の上に片足を載せて座った。

スカートがめくれ、白い太ももが露《あら》わになる。

次に彼女はブレザーのボタンまではずした。

「お、おい……!?」

さらにその下のシャツも第三ボタンまではずす。

そんなあられもない格好で水澄は抱えた膝に頬を載せ、流し目で俺を見て——

「センパ、イ。こっ、ち」

――小鳥のように囁《ささや》く声で俺を誘った。

そのシーンはついさっきゲームで見た。

主人公とシオリが学校でエッチする直前のワンシーンだ。

「……！」

落ち着け。これは撮影だ。

レフ板を……と思ったが、途中でやめる。

夕陽《ゆうひ》がほんのわずかに差し込む雰囲気が逆にいい。

人気のない教室の暗さとほんの少しの赤色が、忠実すぎるくらい原作を再現している。

水澄がこの時間から撮影を始めようと言ったのもこれが狙《ねら》いだったのか。

「水澄、もう少し顔右」

「はい」

傾《かたむ》き続ける西日を計算し、俺は微調整しながら撮影を始める。

最初はどぎまぎしてしまったが、相変わらず役に没入した時の水澄は怖いほどすごい。

シオリの持つ儚《はかな》げな色香。

脆《もろ》く透明なものに人が感じる美しさ。

全てが教室の風景に溶け込んで、空気まで色づいているようだ。

何枚も撮るうちに、水澄がますますシオリになっていくのが分かる。

素晴らしい被写体を表す慣用句に『絵になる』というのがあるが、この写真をそのままゲームのイベントCGと差し替えても問題なさそうなくらい完璧《かんぺき》だ。

レンズ越しに見えるその眼差《まなざ》しも、本当に愛する主人公を見つめているように潤んで……。

「センパ……イ」

「！」

一瞬レンズが消えて、耳元で囁かれたかと思った。

動揺でシャッターを切る手がピタリと止まってしまう。

「セン……パイ？」

〝シオリ〟が心配するように机から下りて、俺の傍《そば》へと歩み寄ってくる。

ボタンをはずしたブレザーとシャツの前が開いて、水色の下着が覗《のぞ》く。

たどたどしい喋り方とあどけない顔立ちに、似合わない女子高生の瑞々《みずみず》しいカラダ。

そのアンバランスさが〝シオリ〟をより幻想的で魅力的な少女に見せていた。

そういえばゲームでは、ここは珍しく彼女から主人公をエッチに誘うシーンだった。

あのシーンの主人公の戸惑いが俺にも分かる。

同時に、どうしようもなく惹《ひ》かれてしまうことも。

彼女にこんな風に求められたら、きっと誰にも抗《あらが》えは……⁉

「うおっ⁉」

無意識に後退《あとずさ》りしていた俺は何か踏んでしまい、教室の床に尻餅《しりもち》をついた。

カメラを庇《かば》ったせいで手をつけず、そのまま仰向《あおむ》けに倒れる。

「イテテ……」

今のはさすがに痛かった。

ほんの一瞬、我に返る。

が、その正気は再び一瞬で掻《か》き乱《みだ》された。

お腹《なか》の上に人間ひとり分の体重が乗る。

「⁉」

気づくと倒れた俺の上に〝シオリ〟が馬乗りになっていた。

微《かす》かな夕陽が逆光になって、彼女の体の陰影を浮き彫りにする。

その美しさに息を呑《の》む。

「センパ…イ」

囁かれる声に背筋が粟立《あわだ》つ。

このままゲームの主人公のように、彼女の体に手を伸ばしてしまいそうだ。

俺はゴクリと生唾《なまつば》を飲み込みながら――震える手でシャッターを切った。

「……ぷはーっ」

と同時に、〝シオリ〟から水澄に戻った彼女が大きな息を吐く。

……集中力が切れたようだ。

「今のどうでした？　途中イメージで動いちゃいましたけど、ちゃんとシオリたんになれてました？」

水澄は馬乗りのまま興奮気味に尋ねてくる。

もうその雰囲気には儚さのかけらもない。いつもの彼女だ。

そのことに少し安心する。

「いや、あの……その前に下りてくれ」

「あっ！　ごめんなさい」

水澄は慌てて俺の上からどく。

「……ほら」

俺は上半身を起こしてカメラを操作し、今撮った写真を水澄に見せる。

「何てゆーか……すごかったぞ」

「うわっ………何これ……私エロッ！」

「自分で言うのか、それ」

「だってほら、めちゃくちゃエッチじゃないですか？」

水澄は笑いながら自分の写真を指差してはしゃいでいる。

「……そーだな」

「先輩？　どうかしました？」

「別に」

「あ、もしかしてさっきの私に興奮しちゃいました？」

「〜〜〜」

そうじゃない………そうだけど、違う。

俺の胸を満たすもの――それは後悔だった。

あの瞬間、俺は水澄に見とれてシャッターを切るのが遅れた。

あと一秒早ければもっと素晴らしい写真が撮れていたはずなのに……！

以前彼女に微妙と言われた時とはまた違う悔しさに胸を掻《か》き毟《むし》られながら、その日の撮影はそれで終了した。

第五章◆◆◆高橋君と水澄さんはお出かけする

　ある日の昼休み。俺《おれ》が未提出の進路希望調査票を前に唸《うな》っていると、前の席の伊剣《いつるぎ》が話しかけてきた。

「あれ？　まだそれ出してねぇの？」

「まあ……」

　彼とはあれ以来ちょくちょく話すようになっていた。

　仲よしかと聞かれたら俺も分からないが……まあ、普通だ。

「提出期限って今日じゃね？」

「そうなんだよ」

「そんなんテキトーに書いときゃいいのに」

　伊剣は購買のパンの包装を破りながらもっともなことを言う。

「そっちは何て書いた？」

「サッカー強いとこを上から順に書いた」

「いいな、それ」

目標があるとこういうのも書きやすそうだ。

俺にはそういうのないし……アドバイスに従ってテキトーに伊剣と同じとこでも書いとくか。

「伊剣が書いた大学の名前って……」

「そういや高橋《たかはし》って水澄《みすみ》さなとつき合ってんの？」

「ブフッ⁉」

唐突な言葉のボディフックに思わず進路希望調査票を握《にぎ》り潰《つぶ》した。

「いいいきなり何だよ⁉」

「いや、なんとなく気になってさ」

水澄もだが陽《よう》キャは日常会話に爆弾を放り込むのを我慢できないのか？　あと声が大きい！

そのせいで教室内が若干ざわついてる。

「気になるって……伊剣、カノジョいるだろ？」

俺はできるだけ声を落としながら話を逸らそうとする。

「それが聞いてくれよ、先週フラれちゃってさ」

「あ……それは……」

なんと言ったらいいのか分からない……ご愁傷様？　いや違うか？

「なーんか長続きしないんだよな、俺。何でだろ？」

伊剣は俺の机に頭を投げ出してダバーッとなる。

「……何か怒らせたとか?」

「えー別に何もしてないけどなー」

まあ確かに。伊剣は俺と話してくれるほどいいやつだし、人を怒らせることはしないだろう。

だが、なぜかふとそこでピンときた。

「ちなみに部活は相変わらずがんばってるのか?」

「え?　部活?　そりゃ土日もみっちり練習してっけど?」

原因それでは?

カノジョよりサッカーを優先しすぎたとか。

伊剣って実は部活一筋のサッカーバカだし、それが一番あり得る気がした。

「まあ俺のことはいいや。で、結局水澄とはどうなん?」

「……!」

話を蒸し返された。あとやっぱり声が大きい!

「だから俺と水澄は何でもないって!」

周りにも聞かせるため、否定する俺の声も大きくなる。

いくら水澄が噂《うわさ》を気にしないと言ったって、変な誤解をされたら彼女に迷惑がかかってしまう。

それはしたくなかった。

そうして俺が必死に火消しをがんばっていると。

「高橋センパーイ」

狙《ねら》ってんのかってタイミングで、さらなる燃料を投下するやつが現れた。

誰《だれ》かって?

もちろん水澄《本人》だよ!

「どもー」

どもじゃねぇ!

ていうか教室来るなって前に言っただろ⁉

俺は慌てて席を立ち、のんきに手を振ってる水澄のところへ向かう。

「何だよっ⁉」

「はいこれ」

水澄は謎《なぞ》の紙袋を差し出してくる。

とりあえず受け取る……って重ぉ⁉

「な、何だこれ?」

「『バトキン』のソフトとゲーム機とコントローラーと、あと諸々です」

試しに軽く中身を見てみる。

出てきたのは『バトルキングダム』というゲームソフトのパッケージ。

ゲーム機とコントローラーも本当に入っているようだ。

ほかにはアニメのブルーレイにマンガ？

いつになく大量だ。

「これが次のやつか？」

「はい」

コスプレという単語は伏せて尋ねると、水澄も察して首を縦に振った。

それはいい……別に。だけど。

「何で教室に来たんだよ……渡すのなんて部室でいいだろ？」

そのせいで俺たちはめちゃくちゃ注目を浴びてる。

しかし文句を言ってるのはこっちなのに、水澄は不満げな顔をした。

「それは先輩が昼休みに部室来ないからじゃないですか」

「えっ？　す、すまん」

思わず反射的に謝ってしまった……が、確かに部室で一緒に昼ご飯を食べるのは定番化していたが、そもそも約束してたわけじゃない。

「でも、それならそれで放課後でもよかっただろ？」

放課後にも部活で会う機会はある。

それをわざわざ昼休みに急いで渡す理由はないはず……と思ったのだが。

「それなんですけど、実は今日と明日早退するので部活に行けないんです」

「あ、そうなのか？」

今日は木曜日だ。つまり土日も挟んで来週まで水澄と会う時間はないということになる。

「……先輩。ちょっと嬉《うれ》しそうじゃありません？」

「へっ⁉　いや全然！」

しばらく自由に写真が撮れるだなんて思ってないし。

「まあいいですけど……代わりにそれ土曜日までに全部やっといてくださいね」

「土曜って……え？　あと三日でこれ全部⁉」

「ゲームは魔夏《まなつ》のストーリーモードだけクリアしてればいいですから。格ゲーだからそんな長くないですよ」

「いや、ほかにアニメとマンガもあるんだけど……」

「お願いしますね？」

水澄は笑顔でそれ以上の有無を言わせてくれなかった。

こんな圧は『リュー伝』を読めと言われた時以来だ。

……もしかして怒ってる？

え？　何で？　そんなに昼飯すっぽかしたの怒ってるのか？

「わ…分かった」

怒ってる理由はともかく、断ったらどうなるか分かったもんじゃなかった。

「さすが先輩、話が早くて助かります」

渋々了解する俺を見て、水澄はやっと納得してくれたようだ。

その表情に安堵《あんど》したのも束の間——次に水澄は小悪魔のような微笑を浮かべ、

「そしたら日曜に一緒にお出かけしましょうね、高橋先輩？」

最後の最後に、特大のナパーム弾を投下してきた。

「えっ⁉　ちょっちょちょちょ水澄⁉」

「じゃあ私はこの辺で。週末楽しみにしてますね」

いや楽しみにしてるとかじゃなくて⁉

しかし、引き留める間もなく水澄は二年の教室の前から去ってしまった。

あとには呆然《ぼうぜん》と立ち尽くす俺と……興味津々のクラスメイトたちが残されたのだった。


日曜日。

あの後『行き先は秋葉原』と連絡が来たので、今日は地元の駅で待ち合わせだ。

「センパーイ、お待たせしましたー」

水澄は今日も時間ちょうどに現れた。

「……」

何気に彼女の私服を見るのも久しぶりだ。

今日は街を歩き回るらしいから足元もスッキリしてて、服装も動きやすさ重視っぽい。

それでもやっぱりファッション誌のモデルみたいな洒落っ気があるのはさすがだ。

あとショートパンツから伸びる脚が健康的すぎて目のやり場に困る。

「先輩、これ春物セールで買ったのなんですけど、どうですか？　着るのお初なんですけど」

「そういうのも…い、いいんじゃないか？」

「えへへ、そうですかー？」

俺にしては珍しくあまりどもらずに褒められたが、水澄はもっと何か言って欲しそうな顔をしている。

「……電車あるし、行くぞ」

俺はそれに気づかないフリをして水澄を促した。

「……ですね。行きましょうか」

水澄は少しだけ残念そうな顔で頷《うなず》く。

それから俺たちは改札を通ってホームに上がり、数分後に来た上り電車に乗った。

「先輩って普段は都内に出ます？」

「カメラ見に電気店とかは行く。あと写真展とかあればたまに」

「へぇー。じゃあ遊びにとかは？」

「街とかビルとか撮りたくなったらテキトーにぶらつく」

「結局カメラじゃないですか」

悪いか、と言い返すと、先輩らしいです、と返ってきた。

「あ、そうだ」

「ん？」

「先輩に『バトキン』クーイズ。でーでん、魔夏の職業は？」

「……ギャングの女ボス」

「正解。ちゃんとやってきてくれたんですね」

水澄はにこにこ笑っているが……やらされたこっちは大変だった。

「アニメとかは観《み》るだけだからまだいいけど……『バトキン』のCPU強すぎじゃね？ストーリークリアするの半日かかったんだけど」

「え？」

俺の言い分に水澄がきょとんとする。

「イージーモードならスライディングごり押しでボスにも勝てません？」

「イージー……モード？」

「……もしかして難易度下げなかったんですか？」

「それって下げられるのか」

「キャラ選択のあとに難易度選択が出るはずですけど」

「知らない……ボタン連打で飛ばしてたかも」

「あー、なるほど。コンティニューだと選択肢出なかったんですよね、確か」

　納得したみたいに頷きながら水澄はおもしろがるようにクスクス笑う。

「普通にやったら必殺技が出せないとキツかったでしょう？」

「あのやたら難しいコマンドを覚えるのが一番大変だった」

「覚醒《かくせい》奥義のことですか？」

「そんな感じのやつ」

「マジですか。初心者にあのコマンドはエグいと思うんですけど」

「だから大変だったんだって！」

「アハハッ」

　俺の苦労話を聞いて、水澄は楽しそうだ。

「笑いすぎだろ」

　ちょっと涙目にまでなってるし。

「いえっ、違くて」

水澄は口元を押さえ、まだ堪えきれなそうに背中を震わせる。

「そんなに大変だったのに、先輩ちゃんとクリアしてくれたんだなーって」

「……っ！」

言われて自分の恥ずかしさに気づき、俺は口を噤む。

「先輩ってまじめですよね」

「……それ褒めてるのか？」

「めっちゃ褒めてますよー」

水澄は笑って頷くが、いまいち釈然としない。

「ちなみに『バトキン』はどうでしたか？」

「ゲームはさっきも言ったけどムズい。アニメはおもしろかった」

「マンガは？」

「おもしろかったけど最後だけよく分かんなかったな」

「あー最後はちょっと原作設定消化しようとして駆け足でしたからねー」

「そっか、だからか。なんか変だなと思ったんだ」

「でも魔夏回の葵《あおい》との絡《から》みはファン絶賛の神回なんですよ？」

「あー、二巻のあれか」

「ですです」

そんな風に『バトキン』の話をしているうちに電車が秋葉原駅に着いた。

「普通にアニメのポスターとか貼《は》ってる……！」

秋葉原で降りるのははじめてだった俺は、ほかの駅とは随分違う内装に驚かされた。

「先輩は初アキバですか？」

「ああ」

「じゃあ駅から出たらもっと驚くかもしれませんね」

「？」

水澄の言葉の意味は電気街口を出てすぐに分かった。

ぐるっと見回しただけで目に入るアニメのポスター。

そこら中のお店から流れてくるゲームの音にアニソン。

店頭のガラスケースにはフィギュアやグッズが大量に並べられ、メイド服を着た人が普通に歩いている。

こんなおもしろい街があるなんて……カメラを持ってくればよかった。

「そういえば今日は秋葉原に何しに来たんだ？」

少しそわそわしながら俺が尋ねると、水澄は唇に人差し指を当てる。

「それは着いてからのお楽しみです」

急に不安になってきたぞ。

しかし、ここまでついてきて今更帰るというのもない。

「ならとっとと連れてってくれ」

「はーい。先輩こっちです」

水澄は歩き慣れた様子で先導し、大通りの横断歩道を渡る。

それから数分歩いたところで彼女は通り沿いのビルに入り、エスカレーターに乗る。

「ここの五階です」

「了解」

目の端を通り過ぎるマンガやアニメのＰＶを見ながら、俺は水澄と五階へ向かう。

そうして俺が水澄に連れてこられたのは。

「……コスプレ専門店？」

「そうでーす！」

エスカレーター脇《わき》の看板に書かれていた単語をそのまま読むと、お店に着いて若干テンションの高い水澄が笑顔で答える。

ここまでやたら目的地をぼかされてきたが……まあそうか。

別に変な期待をしていたわけではないが、俺と水澄の接点が『コスプレ』である以上、目的地もそれ関連なのは想像して然《しか》るべきだった。

「……コスプレの専門店っていうのもあるんだな」

「それだけ好きな人が多いってことですよ。ハロウィンとかで徐々に市民権もゲットしてきましたしね」

「まあ確かに」

言われてみればコスプレも一部界隈のニッチな趣味ではなくなってきたのか。

「ちなみにイリナちゃんとかシオリたんの衣装もここで買ったんですよ」

「えっそうなのか⁉」

「ここのクオリティめちゃヤバですから、先輩にも見て欲しくて。ほら、早く入りましょうよ」

「あ、ああ」

水澄に袖《そで》を引っ張られ、俺は彼女と店内を順に見て回る。

まず気になったのは彼女もクオリティが高いというコスプレの衣装。

特に今アニメ放映中の作品なんかはマネキンに着せられ、ＰＶつきで展示されている。

ついＰＶと衣装を見比べてしまうが、確かにこれはかなりの再現度だった。

「ちなみにここ、衣装のリサイズとかもやってくれるんですよ」

「いたれり尽くせりだな」

このお店に来れば誰でもコスプレを始められそうだ。

次に気になったのは化粧品や小物のコーナー。

衣装やウィッグは見ればどんなものか分かる代物だが、メイクは技術だ。

俺にはその辺の知識がまったくないので、道具を見ただけでは何のためにあるものなのかも分からなかった。

「水澄、このテープって何に使うんだ？」

「それはですね……」

いい機会だと思い、俺は水澄にいろいろと教えてもらった。

「えっ、イリナのツリ目ってテープで目尻引っ張ってたのか」

「そうですよ。垂れ目が勝手にツリ目になるわけないじゃないですかぁ」

よく分からないけど水澄がコスプレしたらそうなってた……みたいに無意識で気にしてなかった部分にも、ちゃんと理由というか技術や工夫があったのを知れた。

こういうことを知っておけば、次の撮影で何かに活《い》かせるかもな。

写真映えする色の選び方とか。

水澄に似合いそうな衣装の提案とか。

……って、それは少し踏み込みすぎか。

俺はあくまで水澄に頼まれたから撮ってるだけだ。

コスプレそれ自体は彼女に全て任せるべきだろう。

「………」

ましてや俺の方から撮りたいと願うなんて……そんなのもうこりごりだったはずだ。

「あっ！　このカラコンのイメージぴったり。これ買っちゃお」

「……！」

水澄の声で一瞬昔に戻りかけた意識が現実に引き戻される。

彼女が手に取ったカラコンの色は『バトキン』の魔夏と同じ色だ。

「やっぱり次のコスプレは魔夏か？」

「はい！」

そりゃそうか。

まあ、魔夏ルートやれと言われた時点で分かってたけど。

「高橋先輩、ちょっとちょっと」

「ん？」

少しぼんやりしていたら、いつの間にか水澄はウィッグコーナーに移動していた。

お店の中でもかなりのスペースが取られたそのコーナーには、髪の色と長さのバリエーションごとに大量のウィッグが並べられていた。

「これとこれ、どっちの色が魔夏に近いと思います？」

水澄はその中から赤っぽいウィッグをふたつ順番に指差す。

右側は茜色《あかねいろ》、左側はガーズマンレッド、と商品の下に説明書きがあった。

……………え？　これ結構難しいな。

どちらも赤系統の似た色をしている。

違いは色の彩度《さいど》だと思うが……魔夏はどっちが近いと聞かれると分からなかった。

俺が素直に「分からない」と答えると、水澄はスマホを取り出して調べる。

が。

「こっちの画像だと茜色じゃないですか？」

「いやでも……その隣はガーズマンに見える気も」

検索で出てきたアニメ画像だと、画像ごとに色にバラツキがあった。

ならゲームの公式サイトを見ようと提案してみたが……。

「……これ、ナンバリングごとに色が違わないか？」

「こっちの『スペシャル』だとなんか　橙《だいだい》っぽいですね」

『バトキン』は今年で十周年を迎えるロングシリーズだ。

そのため年代やシリーズによって細かな違いがあるようだ。

その後もいろいろ調べたが『絶対にこれ！』という正解が見つけられないでいると……。

「もうこうなったら先輩が決めてください」

「ええ⁉」

まさかの提案に俺は尻込《しりご》みする。

「そんなの……俺が決めることじゃないだろ？」

「先輩は私のカメラマンだからいいんです」

「んなこと言われても」

「絶対文句は言いませんから」

「いやでも」

「お願いします」

「…………」

ついさっきコスプレに口出しすべきじゃないと自戒したばかりだ。

だが水澄はまじめな顔で俺を見つめている。

これは断りづらい……。

仮に断ったとしても断る理由を聞かれそうだ。

それは避けたい。

我ながら優柔不断だと思うけれど……これくらいならいいか、ということにしておく。

「じゃあ……こっちで」

俺は左のガーズマンレッドを指差す。

「水澄に借りた『5』の魔夏はこっちが近いと思うから」

いちおう理由もつけ加える。

それにさっき公式ページを見て知ったが、どうやら『5』が『バトキン』シリーズの最新作らしい。しかも発売したのも最近のようだ。

彼女がプロを目指していることも鑑《かんが》みれば、最新作に合わせた方がより多くの人が見てくれるのではないかという気がする。

「……なるほど。了解です！」

水澄は頷き、本当に俺が選んだ色をカゴに入れる。

「お、おい、本当にいいのか？」

それはそれで不安になった俺は念押しにもう一度尋ねる。

「はい。言ったじゃないですか、先輩に選んで欲しいって」

「……」

いや、そこまで言ってなかっただろ。

なのに……おい…何だ？　おい、俺…………ちょっと嬉しくなってんじゃねぇよ。

パンッ！

自分の頬《ほお》を叩《たた》く。

「先輩？　何してるんですか？」

「……何でもない」

にやけるのを我慢するため、とか言えない。

「ジィーーー」

「……あっ！　あれ魔夏の衣装じゃないか？」

「え？　どこですか？」

「そこ、そこ」

俺は少し離れたガラスケースを指差しながら、水澄をそこへ案内する。

「わあ、『5』の衣装ですねー。光沢が神～。あっ、ちゃんと腰に武器の鞭《むち》が留められるようになってる！」

ガラスケース越しだと間近で見られないためか、水澄は衣装の前を左右に行ったり来たりしながらクオリティに見入っている。

……ふぅ、なんとか俺の奇行から話を逸らせたようだ。

「この衣装、前来た時はなかったのに、最近入荷したのかな？」

「そうかもな……ってやっぱ高いんだな」

たまたま値札が目に入ったが、やはりそれなりのお値段がした。

「水澄、これ全部買えるのか？」

さっきのウィッグとかカラコンも合わせると三万は軽く超えそうだ。

まあ、水澄なら絶対買えないってほどでもないだろうけど。

しかし、彼女から返ってきた答えは俺の予想を遥《はる》かに飛び越えていた。

「今日はウィッグとカラコンしか買うつもりありませんよ。魔夏の衣装は自作する予定なので」

「……えええ⁉」

さらりと告げられたその言葉に、俺は思わず大声で驚いてしまう。

「先輩！　声、声！」

「あっ……！」

水澄に注意され慌てて口をふさぎ、こちらを見た店員さんに「すみません」と頭を下げる。

「……こういう衣装って自分で作れるもんなのか？」

俺は声のトーンを一段落とし、コソコソと水澄に質問する。

「専門の本もありますし、あとは自作レイヤーさんのブログとか見れば何とかなりますよ」

「けど……布とか縫ったりするんだろ？」

「私だってミシンくらい使えますよー」

水澄はエアミシンで布を縫う仕草をしてみせる。

どうやら本気のようだ。

「あはは、まあこんなこと言って実際やったらヒドい出来かもしれませんけどね」

水澄は照れ隠しに予防線を張るが、俺は彼女ならできる気がした。

なぜなら彼女はこれをやると決めているから。

それを、素直にすごいと思うと同時に——胸にぽっかりと穴があいた気がした。

「……そっか。まあ、がんばれよ」

胸中に湧《わ》く羨望《せんぼう》を抑えながらそれだけ呟《つぶや》く。

そんな形ばかりのエールに水澄は律儀にお礼を言うと、会計のために店のレジへと向かっていった。


買い物を終えてビルの外に出ると、蒸し暑い空気が俺たちに襲いかかった。

「あっつ……」

昼を過ぎて外の気温が上がっていたらしい。

今の今まで冷房の効いたビル内にいたせいで余計に暑く感じる。

「先輩、外暑いですし、喫茶店《きっさてん》でも入りませんか？」

「そうだな」

「近くに私がよく行くお店があるので、そこに行きましょう」

「……ん。任せた」

「こっちです」

水澄は再び俺を先導し、その「よく行くお店」まで俺を案内した。

そうして連れてこられたのは——店内にメイドさんが溢《あふ》れかえる謎の喫茶店だった。

「お帰りなさいませー！」

「!?　……!?　!?」

メイドさん!?　……え!?　メイドさん!?

何でメイドさんがこんなにたくさん!?

「水澄…何ここ？」

「メイド喫茶《きっさ》ですけど」

メイド喫茶……あ、なんか聞いたことある。

あまりに非日常的な光景に一瞬マジで何事かと思ったけど、そういうお店だと分かったら少し安心した。

と、その時ひとりのメイドさんが入り口にいた俺たちのところまでやってくる。

「ご主人様にお嬢様、お帰りなさいませ」

「ただいまー」

「え？　ただいま？」

「ここの挨拶《あいさつ》ですよ。ほら、先輩も」

「えっ、あ……た、ただいま？」

「はい。ではお席までご案内いたします」

キョドる俺にもふんわりと笑みを返し、そのメイドさんは俺たちをテーブルまで案内する。

そうして俺たちが席に着くと、そのメイドさん——『てとら☆』と名札をつけた女性は、改めてもう一度お辞儀した。

「本日こちらのお席を担当させていただくメイドのてとらでございます。御用がございましたら私にお申し付けくださいませ」

てとらさんのその仕草や丁寧な言葉遣いは、まるで本物のメイドさんのように優雅だ。

いや、『本物のメイドさん』を見たことがあるわけじゃないけど……でも、彼女の気品溢れる雰囲気や楚々とした立ち居振る舞いは、『これぞ本物！』と思わせるのに十分だった。

これもある種のコスプレなんだろうか……そういう意味で再現度の高さは水澄並みだ。

と、そこで水澄がてとらさんに向かってフレンドリーに手を振る。

「てとらさん、お久しぶりでーす」

「はい。水澄お嬢様もお元気そうで何よりでございます」

一方のてとらさんも気安い彼女に対して親しげな微笑を浮かべ、しかも名前を呼んだ。

「……え？　知り合い？」

「てとらさんは私の師匠なんです」

思わず関係を尋ねたら、日常生活ではあまり聞き慣れない返答をされた。

師匠って何だよ？

そこに関してツッコみそうになるが、人間関係についてあれこれ掘り下げるのもどうかと思ってやめておいた。

「ところでお嬢様がお連れ様と当店に来られるのははじめてですね」

てとらさんは俺と水澄を交互に見比べ、そっと口元に手を当てる。

「もしかして、デートですか？」

「ンンンンッ⁉」

「えー、そう見えますー？」

「大変仲がよろしそうなので」

「ですって先輩。私たちカップルに見えるみたいですよ？」

「ただの部活の先輩と後輩です！」

謎の誤解が広がりそうだったので俺は慌てて訂正した。

するとなぜか水澄は嘘泣《うそな》きを始める。

「先輩ヒドーい。私のことは遊びだったんですね」

「何の話だ⁉」

むしろいつも遊ばれてるのは俺だと思う。

そんな俺たちのやり取りを見て、てとらさんがまた口元を隠して今度は小さく笑う。

「やはり仲がよろしいのですね」

「そうですか!?」

完璧《かんぺき》なメイドさんと思ったけど実は目だけ節穴なのでは？

「ところでご主人様、少し声を抑えていただけますと助かります」

「あっ！　すすっすみません……！」

「いえ、こちらこそ出過ぎたことを申しました」

てとらさんは丁寧に頭を下げたあと一度テーブルを離れ、次にお水とメニュー表を持ってきてくれる。

「こちらが当店のメニューになります。ご注文決まりましたらお声がけしてくださいませ」

そう言うと彼女はまた一礼し、ホール内の別の仕事に戻っていった。

「てとらさんってここのメイド長なんですよ。メイド力が違いますよね」

「何だメイド力って？」

よく分からないがたぶんすごいんだろう。

それに実際、水澄と友人のように話している間も、ついでに俺を少しからかっていた時も、彼女の上品な物腰は少しも崩れていなかった。

それに仕事もできるようで、自分もテキパキ仕事をしながらほかのメイドさんに指示もしている。

その様はまさにメイド長って感じだ。

まあ、あまり彼女ばかり見ていても迷惑だろうから、先に注文を決めることにした。

「何かテキトーに食べときます？」

「そうだな」

思ったよりコスプレショップの中を歩き回ったし、昼も過ぎて腹も減っていた。

「……って、高ッ⁉」

「お布施と思えば安いものですよ？」

「神社かよ」

「まあ、メイドさんはご神体みたいなものですよね」

価値観の相違が発生している……。

「お財布厳しかったら私が出しますよ？　今日はつき合ってもらってますし」

「いや、いい」

後輩に奢られるのはさすがに気が引ける。

とりあえず値段もそこそこなオムライスと飲み物を注文した。

待つ間は水澄と学校の話とか、彼女の好きなコスプレイヤーの話とかを聞いていた。

「でー、特にこの魔希菜《まきな》さんがチョー綺麗《きれい》なんですよ！　私のイチオシですね。コスの幅も広くてー、この『シュシュシュ』のアルメラ様とかヤバくないですか？」

水澄は熱く語りながら、その魔希菜というレイヤーさんがSNSに上げた写真を見せてくる。

「おお、すごっ……これ、どっかのスタジオか？」

コスプレのクオリティも高いが背景の和室もかなり凝っている。

『シュシュシュ』のことは知らないが、たぶん和風ファンタジーな作品なのだろう。背景効果も合わさって、一枚の写真としてかなり完成度が高い。

「モデルと背景の装飾が綺麗にフレームに収まってるな……それに写真もデジタル処理してるっぽいけどかなり自然だ。こういうの俺苦手だから……この布の光沢は照明か？　だとしたら角度も光量も完璧………」

「先輩？」

「…………………」

モデルとしてなら水澄だってこの魔希菜さんに負けてないと思う。

だが今まで俺が撮った中に、このクオリティに勝ると自信を持って言える写真が思い当たらなかった。

それは俺の技術の拙《つたな》さ。知識の不足。理解度の低さ。

要するに全部俺の腕前の問題だ。

別にコンクールとかで競ってるわけじゃないけど……悔しいと思う。

「センパーイ？　どうしたんですかー、いきなり早口になったと思ったらブツブツしちゃって」

「……！　いや、いい写真だなと思って」

「マジで推せますよね。いつか〝併せ〟で一緒にコスしたいなー」

その後もしばらく魔希菜さんの話で盛り上がっていたところへ、てとらさんが注文した料理を運んできてくれた。

「お待たせしました。こちら当店自慢のオムライスになります」

「わあ、相変わらずおいしそうですね」

確かに形も綺麗で旨そうだった。

「……？」

しかしケチャップとか調味料が一切《いっさい》かかっている様子がない。

自分でかけるのかと思ったが、テーブルには塩とか砂糖しかなかった。

「あの、ケチャップあります？」

「それは私の方でかけさせていただきます」

へぇー、メイド喫茶ってそうなのか。

不思議なサービスもあるなと思っていると、てとらさんは前言通り配膳台からケチャップを取り出して、再びこちらに微笑を向けてくる。

「では、ご主人様のお名前をお伺《うかが》いしてもよろしいでしょうか？」

「……えっ、なっ名前？」

「ケチャップでオムライスに名前を書いてくれるんですよ」

急に名前を訊かれて困惑する俺に水澄が教えてくれる。

「えっと、高橋です」

「よろしければ下のお名前でお書きしますが？」

「あ、いっいえ！　だだ大丈夫です」

「かしこまりました」

思わず断ってしまったが、てとらさんは嫌な顔もせず頷き、ケチャップで「たかはし」と書いて最後にハートマークで囲ってくれる。

なんか誕生日みたいだ。少し恥ずかしい。

のんきに俺は照れていたが、サービスはまだ終わっていなかった。

「それでは最後においしくなる魔法をかけさせていただきますね」

「え？」

魔法？

驚いて目を丸くする俺に対し、てとらさんは微笑んで両手でハートを作る。

そして、彼女はその魔法の言葉を高らかに唱えた。

「てとらさんの『萌《も》え萌えきゅん』どうでした？」

「……ヤバかった」

魔法と聞いて何かと思ったけど、メイド喫茶には元々そういうサービスがあるらしい。

しかし、てとらさんみたいな年上の美人さんの口から『萌え萌えきゅん』なんてセリフが飛び出し、手で作ったハートマークからビーム（幻覚）を放たれるのは、なかなかインパクトのある出来事だった。

「てとらさん美人系なのにカワイイもできるって、もう最強ですよね」

それに関しては全面的に同意する。

水澄がメイドさんにお布施したくなる気持ちがよく分かった。

「先輩、まだ時間あります？」

「大丈夫だけど、何かあるのか？」

「いえ、買い物はもう終わったんですけど、せっかくだし少し遊んでいきません？」

確かにまだ夕方にもなってない……もう帰るのはもったいないか。

「じゃあ、少しなら」

「やった。じゃあアニメイトとかとらのあなとか行きましょう！」

そう言って水澄はいきなり俺の手を摑《つか》む。

「んっ⁉」

「ほら！　早く早く」

何でこいつはいつも遠慮がないんだ……。

こんな当たり前みたいに人前で手を繋《つな》いで歩いて、水澄はずっとにこにこ笑ってて……こんなのまるで本当に『デート』みたいじゃないか。

「……ッ」

さっきあんなにてとらさんに向かって否定したのに、何度もその単語が脳裏《のうり》をよぎる。

だがすれ違う赤の他人の『えっ？』という視線を感じる度に、俺は自分のバカな妄想を必死に打ち消す。

アンタらに目で言われるまでもなく、俺じゃ彼女に釣り合わないのは分かってる。

だから水澄も……余計な期待をさせないで欲しい。

「先輩、ほら！　着きましたよ」

「……？」

人が葛藤している間に連れ込まれたのは、マンガやアニメグッズの専門店だった。

「すごいな…全部マンガばっかだ」

「上の階にラノベもありますよ」

「ラノベ？」

「読んだことありません？　じゃあオススメしないとですね！」

そうしてまた水澄は俺の手を引いて二階への階段をのぼる。

彼女はそのラノベコーナーで「あれもおもしろい」「これもおもしろい」と、笑顔でいろんな作品をオススメしてきた。

「？ 私の顔に何かついてます？」

「いや……別に」

彼女の笑顔に見入っていたことに気づかれ、俺は慌ててそっぽを向く。

そんなやり取りが何度か続き、別のお店も数軒巡って薦められたラノベも何冊か買った。

そうするとそれなりに陽も傾《かたむ》いたが、水澄はまだまだ遊び足りないようだ。

「次はゲーセンに行きましょう」

「……危なくないか？」

「いつの時代の人ですか」

ゲーセンに対する偏見を口にしたら若干呆《あき》れられた。

実際はじめて入ったゲーセンは、思ったよりずっと綺麗な場所だった。

「先輩、『バトキン』で対戦しましょう」

「いいぞ」

「ちなみにハンデいります？」

水澄の余裕の発言に俺は少しむっとする。

「……いい。奥義も出せるし」

「ならオッケーですね。負けたらジュース奢りで」

これはますます負けられない。

『バトキン』なら俺もみっちり練習してきたんだ。奥義も出せるし。

たまには先輩の威厳を見せてやる。

そう意気込んで……十分後。

「あっ！　おいっ、あっ！　待っ⁉　のわっ！」

またまたまたまたまた負けた。

全然勝てない。

「また私の勝ちですね～」

筐体《きょうたい》の反対側から水澄の勝ち誇る声が聞こえる。

結局八連敗したところで俺の方からギブアップした。

「まあ初心者へのお慈悲ってことで、ジュースは一本で勘弁してあげます」

「……へへー、ありがとうございます」

なんかいつもとは別種の屈辱を感じる……！

「あのスティックみたいなのやりづらい」

「家庭用のは十字キーですからねぇ。よかったら次はアケコンも貸しますよ」

「アケコン？」

「ゲーセンの筐体みたいなコントローラーです」

……それで練習すればいつか水澄に勝てるだろうか？

「今度貸してくれ」

「了解です。先輩が上達したらまた対戦しましょうね」

余裕たっぷりに水澄は頷き、飲み終わったジュースの空き缶をゴミ箱に捨て——急に「あっ！」と声を上げる。

「どうした？」

「先輩、次はプリ撮りましょうプリ！」

「プリ？」

「もー、プリクラですよ。撮ったことあります？」

「……存在は知ってる」

「ないんですね」

俺が無言で肯定すると、なぜか水澄は嬉しそうにニヤニヤする。

「じゃあ私と初プリですね」

「いや……撮るとはひと言も言ってないんだが」

「えーっ、撮りましょうよー」

「でも今日だいぶお金使ったし」

「……フーン」

俺が渋っていると水澄は急にわざとらしい声を上げる。

「あー、急にあと七本ジュース飲みたくなってきちゃったなー」

だいぶお金使ったたって言ったばっかかなのに、鬼かこいつは⁉

「……分かった。撮るって」

「わーい！」

遠回しな脅しに屈する負け犬の俺を、勝者の水澄はウキウキした様子で引っ張っていく。

プリクラコーナーをしばらく回り、水澄が決めた筐体にふたりで入る。

「これにしましょう」

『こんにちは！　フレームを選んでください！』

投入口にお金を入れると甲高い機会音声が操作方法の説明を始めた。

どうやらこの指示に従ってプリクラを撮るようだ。

「先輩どれがいいですか？」

「水澄が決めていい」

「はーい」

それにしてもまさか水澄とプリクラを撮る日が来るなんて。

写真ならいっぱい撮ったけど……でも、俺とのツーショットを撮るのはこれがはじめてか。

いや、当たり前だけど。

俺はあくまでカメラマンなんだから。

『設定ができました。十秒後に撮り始めます』

「ほらほら先輩、もう撮りますよ。もっとこっち寄ってください」

「お、おう」

「笑って笑って～」

にこー。

慣れない笑みをがんばって浮かべると、機械がパシャパシャッと写真を撮ってくれる。

あっという間に撮影は終了し、タッチパネルに撮った写真が表示された。

うわっ……俺の顔変すぎ。痙攣《けいれん》してんのか？

「アハハ！　先輩って自分が撮られるのはヘタですね」

「ほっといてくれ……！」

正直自分でもここまでヘタとは思わなかった。

『らくがきタイムです。お好きな文字やスタンプを入れてくださいね』

「先輩の顔にハートとか描いちゃおーっと」

「……」

らくがきタイムを終えてから筐体の外に出てしばし待つと、やがて完成したプリクラが取り出し口から出てきた。

「はい、こっちは先輩の分」

「ん」

備え付けのハサミで半分こにしたプリクラを水澄から受け取る。

「……」

俺の人生初プリクラ。

水澄の描いたハートマークのせいで、やたらかわいい感じになった。

とてもじゃないがこれは人に見せられない。

……机の引き出しにでもしまっとくか。

「んふふ、やっぱりヘンな顔」

水澄は俺の変顔を眺めてまたツボに入っている。

新しいイジリネタを提供してしまった気がした。

これならジュース七本の方が安かったか？

「……って、さすがにいい時間だな。もう帰るか」

「そうですねー」

お店の壁時計を見て俺が帰るのを提案すると水澄も同意する。

──と。

「あ、先輩先輩」

「ん？」

急に肩を叩かれて振り返ると、水澄の指が頬に刺さった。

「アハハッ！　先輩引っかかった～」

なんてしょーもないイタズラ……！

やっぱりこいつ今日テンションが高い。

イタズラも冗談も距離感バグッてんのもいつも通りだけど、それ以上に浮かれてるというか……何でそんな一日中ずっと楽しそうなのか、理由は分からないけど。

その笑顔をこっちに向けられる度にドキドキする。

「ったく……お前なぁ」

俺は怒るフリをしながら、彼女につつかれた頬に無意識に触れる。カサッ。

……ん？　今なんか変な感触が。

「あっ！　お前、プリクラ顔に貼るなよ！」

「あははっ、バレちゃいました」

危ねぇぇ！

「このまま電車乗ってたらどうすんだよ⁉」

「そしたらめっちゃバカップルって思われそうですね」

水澄は悪びれもせずにニヤニヤ笑う。

「あ～～～いいからもう帰るぞ」

「ああっ、先輩ごめんなさい。待ってくださいよー」

怒って俺が帰り始めると、水澄も謝りながらあとからついてきた。


週末ということもあって、帰りの電車は少し混んでいた。

俺は水澄を開かない扉に寄りかからせ、その前を守る形でつり革に摑まる。

時々電車がカーブを曲がると、後ろの人の体重が背中にかかって少し痛い。

「……っ」

「先輩、大丈夫ですか？」

「ん。別に」

「やっぱり荷物は私が持ちますよ」

「いいって」

電車に乗った時、持っているのも邪魔だろうと彼女の荷物を預かっていた。

まあ…なんか今更な気もするけど。

せめて本を買った後とか、荷物が増えたタイミングで言えばよかった。

そうすりゃ少しはスマートに見えたのに……相変わらずこういうところで気が利《き》かない。

「指痛くないですか？」

「だから大丈夫だって。遠征行く時とか、もっと大荷物だし」

撮影機材はかさばるし結構重い。

「遠征って……え？　写真部って大会とかあるんですか？」

「違う。大会とかじゃなくて、撮影のために遠出したりとか」

俺が軽く遠征について触れると、水澄は急に「えーっ」と羨《うらや》ましそうな顔をする。

「それって要するに旅行じゃないですか。いいなー、私も行きたーい」

「……お前も写真撮りに行きたいのか？」

「だって、その旅費って部費から出るんでしょう？」

バレたか。

「別に全額出せるわけじゃないぞ？」

「いいですよ別に。それより旅行したいです」

「……言っとくけど、遠征は撮影メインになるからコスプレとかナシだぞ」

「分かってますよ」

本当に分かっているんだろうか？

「どこ行くかとかは、もう決まってるんですか?」

水澄はさらにその話を続けてくる。

「まだだけど……今んとこは京都かなって思ってる」

「京都いいですね！　一緒に寺社巡りとかしましょうよ」

やっぱり分かってなくないか?

そう思ったが……ふと脳内に水澄と京都旅行する光景が思い浮かぶ。

紅葉とお寺と、あと水澄。

しかも自分でナシと言っておいて、ちゃっかりコスプレしてる。

衣装はシオリのブレザーに修学旅行イベントの背景画像。

そして、その日の夜にゲームで起きるメインイベントは……。

……ヤメヤメ！　電車の中で何考えてんだ俺は!?

「——パイ、センパーイ?」

「……！」

水澄に呼ばれてるのに気づいて、俺はハッとする。

「どうした?」

「だーかーらー、この前進路希望調査があったんですよ」

「ああ……二年《ウチ》もあったな」

どうやら俺が妄想に耽《ふけ》ってるうちに話題が飛んだらしい。

「水澄はコスプレイヤーって書いたのか?」

俺は伊剣の例を思い浮かべながら尋ねる。

「まさか。テキトーに進学って書いときました」

「そっか」

まあ、そうだよな。俺以外に誰にも言ってないって言ってたし。

それに学校の進路希望調査とはいえ、秘密はどこから漏《も》れるか分からないものだ。慎重になって正解だと思う。

「先輩は?」

「え?」

「やっぱり将来はプロのカメラマンですか?」

ああ、進路の話か。

まあ話の流れ的にそうだよな。

でも、あんまり聞いて欲しくなかった。

「…………いや」

否定する声がノドで絡まる。

「カメラは、趣味だ」

「そうなんですか？」

首を縦に振る。

昔はなりたいと思ってた時期もあったけど、今はもう……。

「高橋先輩ならなれると思いますけど」

「……ッ！」

相変わらず陽キャは明るく悪気なく人の心を抉《えぐ》る。

さすがに少し腹が立って「気軽に言うな」とでも文句を言ってやろうとした。

――言ってやろうとしたが。

「……………」

俺を見る彼女の目があまりにまっすぐで、出かかった言葉はノドの奥に引っ込んだ。

「ほら、先輩のお陰で私のコス用アカウントのフォロワーも増えてるんですよ。いいねもめっちゃ伸びてますし」

水澄はこれが証拠だと言わんばかりに、彼女のコスプレ用アカウントを俺に見せてくる。

「……………」

認める。

水澄の言葉は嬉しい。

でも……やっぱり俺は首を横に振る。

「俺なんかの腕前じゃプロにはなれないって」

「だったら私が雇いますよ」

「……は？」

「私がプロレイヤーになってもカメラマンは必要ですし、その時は先輩に継続してやってもらうってことで」

今度こそ本当に呆気《あっけ》に取られて言葉を失ってしまった。

何でこう陽キャってやつは軽々と………言葉の爆弾で、土の下に眠ってた人の夢を掘り返すことができるんだ？

「ね？　私、先輩に撮ってもらうの好きですし、卒業までに考えといてくださいよ」

「……考えるのはいいけど………でもそれ…お前がプロになれなきゃ意味なくないか？」

「ですね！」

アハハッと水澄は笑う。

なんか釣られて俺も笑ってしまった。

そうこうしているうちに地元の駅に着く。

と、ホームから階段を下りたところで。

「すみません、ちょっとお手洗い行ってきますね」

「ん」

「先に帰らないでくださいよ！」

駅の女子トイレに向かいながら水澄は釘《くぎ》を刺してくる。

俺は駅の柱にもたれかかり、彼女の帰りを待った。

あいつが戻ってきたら駅を出て解散か。

いや、それとも家まで送ってくべきか？

今日は結構歩いたし、さすがに疲れてるけど……。

「……」

まあいいか、それくらい。

なんだかんだ今日は楽しかったし。

なんて、俺がそんな風に思っていると——

「あれ？　キモ橋じゃん」

——中学時代の同級生と遭遇した。

第六章◆◆◆高橋君の昔の話

思えば中学時代の俺《おれ》は調子に乗っていた気がする。
子供の頃からカメラにのめり込んでいた俺は人づき合いが悪かった。
休み時間に遊ぶ相手くらいはいたが、休日に遊ぶ友人はいない。
というより、俺の時間を邪魔するなとばかりに誘いも全部断っていたと思う。
それだけならよかった。

ある時、俺はとある写真のコンクールで賞を獲った。
結構大きな賞でデカい舞台で表彰もされた。
親父にも国際電話越しに褒めてもらえたのが嬉《うれ》しかった。
そこまでならよかった。

俺が賞を獲ったことが中学校の全体集会で発表された。

壇上に上がり、校長先生から直々に褒められた。

それからも新聞部の取材も受けたりとか、まあチヤホヤされた。

で、急に周りから持ち上げられた俺は有頂天になった。

それがよくなかった。


「キモっ」

きっかけは同級生の女子にモデルを頼んだことだ。

その子はとても美人で有名で、男子全員の憧《あこが》れの的だった。

紅葉を背景に撮ったら絶対に映えると思った。

いい写真が撮れると思ったんだ。

そして、俺は週末に一緒に遠くの山まで行って、写真を撮らせてくれとお願いした。

その結果が「キモっ」だ。

今ならそれが当たり前の返事だと分かる。

それまで一度も話したことのない男子に「もし遅くなったら泊まるかも」なんて言われて了承する女子がいるか？

そこからはあっという間だ。

俺がその子を襲おうとしたとか悪い噂《うわさ》が学校中に広まり「キモ橋」とあだ名もついた。

それまでずっと陰キャだったのに、賞を獲って急に調子に乗った……そんな俺に反感を抱く人間はいても味方はいなかった。

それが俺の中学の頃の話。


そして現在。

「うわっ、マジでキモ橋じゃん」

「最悪。何でこんなとこいるの？」

「おい、女子は近づかない方がいいぞー」

「こっち見んなよ」

こいつらもどこかで遊んできた帰りらしかった。

早くどっか行ってくれ。

心の底からそう願うが、おもしろいおもちゃを見つけたやつらはそう簡単にいなくならない。

中学生の頃なら、ただ俯《うつむ》いて足が震えないように踏ん張るだけでよかった。

でも、今だけは本当に今すぐ消えて欲しかった。

だってこのままじゃ……あいつに見られる。

ただバカにされることよりも、それが何より嫌だった。

もちろん、そんな願いは叶《かな》わない。


「高橋《たかはし》先輩?」


戻ってきた水澄《みすみ》はきょとんとした顔でこちらを見ていた。

同時に、俺を小突いてた連中も彼女を見て目を丸くする。

「え? きみ、こいつの知り合い?」

「そうですけど、あなた誰《だれ》ですか?」

水澄は訝《いぶか》しげな目で相手を見返す。

やや敵意を孕《はら》んだ彼女の対応に、逆に男の方が焦《あせ》った。

「ねえ、ちょっと」

その時、今まで後ろにいた女子が水澄に声をかける。

彼女は……俺がモデルになってくれと頼んだ例の女子だった。

「何ですか?」

水澄は先程の男子に向けた視線と同じものを彼女に向ける。

「あなた、そいつの後輩？」

「そうですけど？」

「じゃあ、もう近づくのやめた方がいいよ」

「じゃあの意味が分かりません」

間髪入れずに水澄は返した。

それが生意気に映ったのか、相手の目尻がピクッと吊《つ》り上《あ》がる。

「あなたは知らないのかもしれないけど、そのキモ橋は中学の時、私に……」

「あ、なんかクソほど長くなりそうなんで、そういうの別にいいです」

今度は相手の言葉を遮《さえぎ》って、水澄はいきなり俺の腕を摑《つか》んだ。

しかもそのまま恋人みたいに腕まで絡《から》める。

「私たち〝デート〟中なんで、やっかみはまた今度にしてくれます？」

「……え？」

「……は？」

水澄の宣言に、さっきまで盛大にマウントを取ってきていた同級生たちは一斉に言葉を失っていた。

特に男子は、水澄のような美少女が俺に親しげなのを見て完全に呆気《あっけ》に取られている。

「それじゃさようなら。行きましょ、先輩」

呆然《ぼうぜん》とするそいつらを無視して、水澄は俺の腕を引っ張る。

俺もまた呆気に取られたまま、彼女に引かれるがままに駅を出た。

「……なあ、腕」

「え？　何ですか？」

駅を出ても水澄は腕を離さなかった。

さっきから明らかに柔らかいものが肘に当たってるが、向こうは全然気にしてない。

そのせいで人とすれ違うと時折嫉妬《しっと》交じりの視線が飛んでくる。

傍目《はため》には本当にバカップルみたいに見えてるんだろうけど……俺の内心は複雑だ。

「……何で？」

「え？」

「何であんなこと言ったんだよ？」

「あれ？　スカッとしませんでした？」

ようやく駅が見えなくなった頃に尋ねると、水澄は笑ってそう答えた。

「なーんか嫌な雰囲気でしたし、いちいちああいう人たちの相手もしたくなかったので」

「……そうか」

俺が小さく頷《うなず》くと、水澄は意地悪な微笑みを浮かべる。

「それとも勝手に恋人のフリなんかして、不快でした？」

「……その訊き方は…全然自分でそう思ってないだろ?」

「まあわりと」

こちらの指摘を素直に認め、水澄はさらにニッと口角を吊り上げる。

「……たいした自信だよ」

水澄の軽口に俺も笑うけど……本当はそうじゃない。

不快かどうかなんて、そんなのこっちが訊くべきことだ。

だって彼女には俺のことなんか助けたって何のメリットもないんだから。それどころか……。

「……俺なんか庇《かば》って、お前まで近所に悪い噂流されるかもしれないぞ?」

「そんなのあの人たちのグループの中だけの話ですよ。死ぬほどどうでもいいです」

「どうでもいいってお前……」

「先輩」

そこで水澄は急に立ち止まった。

彼女はお互いの腕を絡めたまま、横から俺を見上げる。

「中学生の頃の話なんて、高校生になったら関係ないですよ。大人になればもっと関係ないです」

「……」

関係ない、か。

本当にそうだろうか？

でも……そうだったらいいと思った。

なら、そう思うのが正しい選択な気がした。

俺が頷くと、水澄は微笑み、こちらの手から自分の荷物をひょいっと奪う。

「送るのはここまででいいですよ。それじゃ先輩、また明日！」

軽《かろ》やかに別れの挨拶《あいさつ》をするだけして、水澄は自分の家へ帰っていく。

「水澄！」

離れていく背中を呼び止めると、彼女は一瞬こちらを振り返った。

「……ありがとな」

その声が水澄に届いたのか分からないが、彼女はもう一度こちらに手を振ってくる。

それから再び歩き出した彼女を見送ったあとで、俺はようやく踵《きびす》を返して自分の家路についた。

第七章◆◆◆水澄さんはイベントに出たい

月曜日。俺《おれ》は朝から悶絶《もんぜつ》していた。
「うわあああああああああああああああ！」
目覚めると同時に両手で顔を覆《おお》い、ベッドの上でジタバタする。
何でかって？
当然、昨日のあれだ。
よりにもよって後輩の……というか水澄《みすみ》の前で、あんな醜態を晒《さら》すなんて。
死にたい。
誰《だれ》か助けてくれ。
だがいくら死ぬほど恥ずかしくても学校はある。
仕方なく、俺はいつも通り登校した。
水澄と学年が違うのは幸いだ。
とりあえず、午前中は心の準備期間に使える。
――で、昼休み。

「……」

俺は部室の前まで来ておきながら、そのドアを開けるのを躊躇《ためら》っていた。

理由はもちろん水澄だ……どんな顔して会えばいいのか分からない。

これが彼女に嫌な目に遭わされたとかなら撤退一択だった。

でも今回の場合、俺はあいつに助けられたのだ。

それなのに一方的に恥ずかしがって逃げるのは、いくら何でも恩知らずすぎる。

「すうーはぁー」

せめて最後に深呼吸。

これが終わったら覚悟を決めよう。すぅー……はぁー…………すぅーーーーはぁーーーーー。

「セーンパイ」

「ッ!?」

ガンッ!!

後ろからの声に驚いて額をドアにぶつけた。

「痛てて」

「先輩、頭大丈夫ですか?」

「……ああ」

俺は額を押さえつつ、後ろを振り返る。

そこにはいつもの水澄が心配そうにこちらを見つめていた。

「すみません驚かせて。まさかそんなマンガみたいな驚き方すると思わなくて」

「……気にすんな」

「でも結構いい音しましたよ？」

「平気だって」

「見せてください」

そう言って水澄は強引に俺の手をどけて額を見る。

「あ～ちょっと赤くなってますね」

「～～～ッ」

だからだからだから……近いんだって！

いつも水澄の距離感には焦《あせ》るけど今日ばかりは本当にヤバい‼

「あれ……なんかどんどん赤くなってますよ？　やっぱり保健室行った方が……」

「もももういいから！　はっ早く部室入るぞ！」

とまあ……駅の一件以降、しばらくは顔を合わせる度にずっとそんな調子だった。

それでも時間はいろんなことを解決してくれる。

――あれから約三週間。

「ふう……」

最近やっと心の整理もついてきた。

そろそろ水澄が傍《そば》にいても平静を装えるだろう。

「……よし！」

すでに時間は放課後。今日こそは普通に挨拶《あいさつ》して部室に入ろう。

そう覚悟を決め、俺は写真部のドアを開ける。

「よ、よーぉ、お疲……」

「高橋《たかはし》センッパーイ！」

「ぐぼっ⁉」

俺の覚悟は水澄のタックルによって早々に打ち砕かれた。

ていうかこの至近距離……完全に想定外なんだが⁉

「ななな何してんだよ水澄ぃ⁉」

「完成しました！」

「何が⁉」

「決まってるじゃないですか！　魔夏《まなつ》の衣装ですよ！」

「……⁉」

満面の笑みで報告してくる水澄を見て、俺はすっかり忘れていたそのことを思い出した。

同時にすごく驚きもしたんだが……それを伝える前に。

「み…水澄？　嬉《うれ》しいのは分かったから、一回離れてくれ」

「あっ！　ごめんなさい」

タックルしたまま俺に抱きついてるのに気づき、水澄はパッと体を離す。

いや、別に痛くなかったからいいんだけど……ずっと柔らかいものが当たってて話に集中できなかった。

「えっと、それで衣装ができたってマジか？」

「はい」

「本当に自作の衣装を？」

「はい！」

テンション爆上げで報告してくる水澄の頰《ほお》は興奮のあまり紅潮している。

……かわいい。

いや待て⁉　話を戻せ俺。

「コホンッ！　で、衣装は今日持ってきたのか？」

「はい！」

水澄は頷《うなず》き、部室の奥からローラーつきのキャリーバッグを持ってくる。

「えへへ、せっかくなので移動用に買っちゃいました」

「おおー」

俺は後ろ手に部室のドアを閉めながら自慢気な水澄に相槌《あいづち》を打つ。

「随分デカいの買ったな」

「コスプレ衣装以外にも入れる物たくさんありますから」

「そりゃそうか。でもこんなの学校に持ってきて、先生には何も言われなかったか?」

「部活で使うって言って誤魔化《ごまか》しました」

「……まあウソじゃないけど」

よく没収されなかったなと思うけど……まあ、そんなことは置いといて。

「衣装ができたなら、久しぶりに撮影するか?」

「はい!」

当然そのつもりで持ってきたようで、水澄は速攻で頷く。

それからいつもの準備を終え、彼女が着替え終わるのを待っている……と。

「先輩、お待たせしました」

「……!」

衝立《ついたて》の裏から魔夏のコスプレをした水澄が現れ、俺は思わずゴクリとノドを鳴らした。

悪の女ボスっぽいダークな色合いのスーツ。

ゲームのドットではあまり気にしなかったが、その胸元《むなもと》はこぼれそうなほど開いている。

さらに踵《かかと》の高いブーツは先端が鋭く、手には革鞭《むち》、チェーンのアクセントが随所にちりばめられ、銀の片眼鏡《かためがね》が理知的で冷徹なキャラを強調している。

『バトキン』の魔夏はサドっ気の強い女王様キャラだ。

大人の色気が水澄に出せるのかと気になっていたが、その心配は杞憂《きゆう》だった。

「どうですか？」

水澄は若干緊張した面持ちで尋ねてきた。

衣装の出来を訊かれていると気づき、俺は無言でグッと親指を立てる。

それを見て、水澄はようやく表情を綻《ほころ》ばせた。

「よかったぁ～。先輩ずっと真顔だからビビッちゃいましたよ」

「いや、完璧《かんぺき》だろ……本当にこれ手作りか？」

「えーそこ疑いますー？」

「別に疑ってない」

「もうめちゃくちゃがんばりましたよー」

それはもう自慢気に水澄は衣装作りの苦労話を始める。

いや、このクオリティは自慢したくなるだろう。

「……とりあえず、撮るか？」

「あっ！　待ってください、先輩！」

早速撮ろうとしたら、なぜか止められた。

「どうした？」

水澄の方からタンマを出すのは珍しいと思いつつ、いったんカメラを下ろす。

「あの、今日の写真は宣伝に使いたいので、全身が綺麗《きれい》に映るようにしてもらえませんか？」

「了解。けど、宣伝って何の宣伝に使うんだ？」

「実は来週末に『バトキン』の十周年イベントがあるんです」

そう言って、水澄は少しもじもじする。

「そのイベント、コスプレ参加オーケーで……私、それに参加したいんです！」

「なるほど」

宣伝というのは、そのイベントに参加する告知とかか。

まあ、まだ告知ってほど大袈裟な話じゃないんだろうけど。

でも、水澄はプロを目指してる。

これはそのための第一歩なのだろう。

「分かった。じゃあ、そこ意識して撮るから」

「お願いします！　あっ、あと」

「まだ何か気をつけた方がいいか？」

「えっと、そうじゃなくて……」

水澄にしては珍しく口ごもる。

「実は私、イベントに参加するのってはじめてで……」

「……！」

それは少し意外だった。

でも思い出してみれば最初に聞いた時「コスプレを始めたのは今年から」と言っていた気がする。

そう考えると今回が初参加でもおかしくないのか。

で、ここからが水澄の話の本題だ。

「それで…できたらでいいんですけど……先輩にもイベントについてきて欲しいんです！」

「分かった。いいぞ」

「撮影の協力とはちょっと違うんですけど……って、ええ!?」

なぜそこで驚いた顔をする？

「何だよ？」

「いえ、先輩って最初はとりあえず迷っとくタイプじゃないですか」

「とりあえず迷っとくって……」

俺のことどんだけ優柔不断だと思ってんだよ……当たってるけど。

　でも、今回ばかりは迷う余地がない。

「別にいいだろ、たまには。それに……」

「それに？」

「何でもない」

　水澄には駅での借りがある……と言いかけて、恥ずかしくなってやめた。

「……だいたい！　俺ん家でアニメ鑑賞会したり部室でエロゲーやったりアキバ連れ回したり、撮影のためとか言って人のこと散々振り回してるじゃねぇか。今更イベントのひとつふたつつき合うくらい問題ないっての！」

　若干苦《くる》し紛《まぎ》れにそう言い訳して、俺はカメラを構えて顔を隠す。

「ほら！　さっさと撮るぞ！　早くポーズとれ」

「……はーい！　よろしくお願いします！」


　それからあっという間に時間は過ぎて、次の週末。

　俺と水澄は彼女の初参加コスプレイベントとなる『バトキン』のイベント会場にやってきた。

「おお、デカい会場だな……」

　イベントが行われる巨大な箱物は北館と南館に分かれ、両館合わせると最大三千人収容可能だとかなんとか。

「ここに三千人もコスプレイヤーがいるのか」

「全員がコスするわけじゃないですって。それに全館がコスプレ会場ってわけでもないですよ?」

「あ、そっか」

今日のこれはあくまで『バトキン』十周年記念イベントだ。

「えっと、パンフは……」

俺はもう一度イベントパンフレットの地図を確認する。

今回のイベントは場内がいくつかのスペースに区切られていた。

ゲームやアニメなどの歴代アートの展示スペース。

筐体《きょうたい》で対戦できるゲーム対戦スペース。

ほかにも声優などが出るステージや物品販売スペース、などなど。

そして、お目当てのコスプレスペースは北館にあるようだ。

「更衣室は……うん、更衣室も北館にあるみたいだな」

「じゃあまずは北館ですね」

「ん。行くか」

イベントでは家から衣装を着てくるのは固く禁じられている。

なので、イベントが始まる前に会場で着替える必要があるのだ。

着替えのことも考えて早めの電車に乗ってきたが、気づけば水澄はせかせかと早足で更衣室に向かっていた。

万が一転びでもしたら台無しなのだが……幸い無事に更衣室まで辿《たど》り着《つ》いた。

「じゃあ、私は着替えてきちゃいますね」

「分かった」

更衣室に向かう水澄を見送ろうとするが、彼女は途中で「あっ！」と言って引き返してくる。

「今のうちに先輩はイベント回ってきていいですよ」

「待ってなくていいのか？」

「今日は念入りにメイクするので。それと……はいこれ」

「……何だこのメモ？」

「買ってきて欲しいイベント限定グッズのリストです」

「そういうことかよ」

人を気遣うように見せかけてちゃっかりしてるな。

俺は苦笑いしつつ「了解」と言っておく。

「終わったら連絡しますねー」

「んー」

今度こそ水澄は更衣室に入っていく。

「さて……」

せっかくだし、俺もイベントを楽しむか。

スマホのバイブ設定を最大にして、まずは南館の展示スペースへ行ってみる。

何があるのかとワクワクして行ったら、思った以上にいろんなものが展示されていた。

歴代シリーズのゲームパッケージ。

宣伝ポスター。

アニメ版の原画。

マンガ版のカラーイラスト。

各キャラクターの設定資料。

「等身大フィギュアなんてあるのか」

当たり前だけどデケェ！

十周年記念の限定品とかで、かなり細部まで作り込まれている。

主人公のシシトラなんて筋肉がすごい迫力だ。太い。大きい。強そう。

こんな腕で殴られたら、俺なら確実に死ぬ。

ちなみにあれから俺の持ちキャラは魔夏からシシトラに変わっていた。技が素直でとても使いやすい。

軽く感動しながら見て回っていると、ついでに魔夏のフィギュアも発見した。

今日水澄がコスする『5』の衣装ではないが、これもすごい。

何ていうか、特に胸の立体感が……衣装の際《きわ》どさも相まって……ヤバい。

これは水澄より大き……いや、こっちは作り物だって分かってるけど。

…………ハッ！

ついマジマジと眺めてしまった。

「おっシシトラだ！　マジカッケェ！」

「……！」

後ろから人が来たので、俺は慌てて展示スペースから退散する。

アニメやデモムービーが流れるモニターの前を通り過ぎると、次にあったのは物販スペースだった。

フィギュアとかキーホルダーとかポスターとかが売られている。

前に水澄に借りたコミックスも置いてあった。

ついでに、その隣に見覚えのないマンガも見つける。

『バトルキングダムアンソロジー』？

見本誌があったので軽くパラパラめくってみる。

目次を見た感じ、どうやら複数の漫画家さんが描いたマンガを収録した短編集のようだ。

いろんな人のマンガが読める分、結構お得な気がする。

「これください」

値段も手頃《てごろ》だったので、水澄のおつかいついでに自分用のも一冊購入。

邪魔にならないようにカメラバッグの外ポケットに丁寧に入れた。

帰ったあとの楽しみもできたところで、次は北館へ移動する。

『獅子王烈破《ししおうれっぱ》！』

北館に入ってまず目に飛び込んできたのは、対戦用のゲームスペースだった。

そこにはアーケード版の筐体が八台置かれていて、最大五連勝するまで誰でも自由に遊べるようだ。

筐体を囲む人垣に交じり、俺も対戦を見学させてもらう。

……………うわっ、何だあのえげつないコンボ。

あれ本当に俺が使ってるのと同じキャラか？

あんな動き見たことないんだけど⁉

え……その技って空中で繋《つな》がんの？

「はぁー」

あまりのレベルの違いにただため息が出る。

水澄が強すぎて勝てないと悔しがっていたが、上には上がいるらしい。

でも、人のスーパープレイは見てて楽しかった。

……………………ハッ⁉

また見入ってた。

程々《ほどほど》にしつつ、ゲームスペースを出る。

コスプレスペースはここからちょうど北館の反対側だ。

まだ撮影は始まっていないようだが、準備のために先にスペースに出てきているコスプレイヤーの姿がちらほらと確認できる。

……水澄のやつはまだか？

念のためスマホを確認するが、特に着信はない。

連絡を忘れるなんてことないだろうし……今日は念入りにやると言っていたからまだメイク中か？

「……」

とりあえずスマホをしまい、最後にステージの方も見に行く。

ステージ上では『バトキン』を作ったクリエイターさんと、男女の声優さんが対談していた。

「『バトキン』もついに『5』ですか。いやーしかし『4』からだいぶ間があきましたねー」

「『スペシャル』とか『VS』シリーズも出てましたから、そんなブランク感じませんけどねー」

会場でドッと笑いが起きる。

俺は『5』しか知らないから分からないが、どうもファンにはウケる話らしい。

ほかにも開発の失敗談とかアニメ版の裏話とか、いろんな話題が次から次へ飛び交い、俺も釣られて何度か笑ってしまった。

「…………」

その時、ふと不思議な気分になった。

今おもしろおかしく聞いている話はどれも、ついこの間まで興味もなかったものばかりだ。

さっきのゲームスペースも、買ったばかりのマンガも、展示スペースで見たイラストやフィギュアも、どれもワクワクしたし、楽しかった。

子供の頃からカメラにしか興味がなくて……あんな手痛い失敗をしても、やっぱりカメラに縋《すが》るしか拠り所がなかったようなやつなのに。

気がつけばこんなに好きなものが増え、イベントにまで足を運んでいる。

それはまるで自分の世界が広がっていたような感覚だった。

どうしてそうなったのか……理由は分かりきってる。

水澄のお陰だ。

彼女と出会ってから、随分と俺は変わった気がする。

あいつが俺に写真を撮って欲しいなんて頼んできたから。

結局、何で彼女が俺なんかを自分のカメラマンに選んだのか、理由を聞くタイミングはなかったな……。

いや、それも今更………。

「……？」

それにしてもあいつ遅くないか？

確認すると、さっきスマホを見てからさらに三十分は経《た》ってる。

なのにまだ連絡の通知も来てない。

多少なら準備に手間取ってるだけかと思ったが……いくら何でも遅い。

というより、純粋にコスプレをする時間がなくなる。

今日はあくまで『バトキン』のイベントで、コスプレオンリーのイベントではないのだ。

そのためコスプレスペースが使える時間も決まっていて、確か午後一時から三時半までのはずだ。

なのに、すでに一時二十分を回ってる。

「ちょっとすみません……ごめんなさい！　通ります！」

異常に気づいた俺は慌てて人混みを掻《か》き分《わ》けて更衣室へ向かう。

忘れ物などのトラブルなら、むしろすぐ俺に連絡を寄越すはずだ。

あいつは失敗を隠すようなやつじゃない。

でも……じゃあ、水澄の身に何があったんだ？

連絡すらない理由は？

必死になって考えてみるが、ピンとくる答えは出ない。

結局、更衣室の前に辿り着く方が早かった。

「……っ」

念のため来る途中にコスプレスペースも見てきたが、そこに水澄の姿はなかった。

なら更衣室の周辺にいるかと思ったがここにもいない。

となるとあとは更衣室の中だが、さすがに俺が直接確かめるわけには……⁉

どうする？

どうする？

どうする？

「ふぅー暑い暑い」

「⁉」

ちょうどその時、首元を手で扇《あお》ぎながら更衣室に戻ろうとするお姉さんを発見した。

「あああっあああああの⁉」

「キャアッ！　何いきなり⁉」

その飛河葵《ひゅうがあおい》のコスプレをしたお姉さんは目を白黒させつつ、挙動不審な俺を睨《にら》みつけてきた。

反射的に逃げ出しそうになってしまうが、なんとかその場に踏み留まる。

「すっすみません！　あのっ…おっお願いが、あって……！」

初対面の女性に緊張しながら、俺は必死に事情を説明した。

「なんだそういうこと。それなら私が見てきてあげるよ」

「あっありがとうございます！」

「その子の名前とコスは？」

「名前は水澄さな。コスプレは魔夏です」

「了解。そこで待っててね」

「お願いします」

俺はハラハラした気持ちでお姉さんが更衣室に入っていくのを見送る。

待ってる間は頭の中で疑問が延々とぐるぐるしていた。

なぜ水澄は俺に連絡してこないんだ？

更衣室から出てこないのは着替えが終わってないから？

でも……何で⁉

少なくとも部室で撮影した時に衣装には問題なかったはずだ。

あいつは化粧だって速くて上手《うま》いから、こんなに時間がかかるはずない。

体調だって悪そうには見えなかった。

それとも余程の突発的なトラブルに襲われたのか？

もしそうだとしたらあんまりだ。

あいつはイベントの初参加をあんなに楽しみにしていたのに……。

なのにどうして………。

「おーい、少年」

「……！」

更衣室から出てきた葵のお姉さんの声で我に返る。

期待を込めてお姉さんを見るが……首を横に振られた。

「名前も呼んで探したんだけど水澄って子はいなかった。念のため誰か救護室に運ばれなかったかも聞いてみたけど、今日はそういう子はいないって」

「そう、ですか……」

水澄はここにいないのか………じゃあどこへ？

「役に立てなくてごめんね」

「あっ、いえ！」

手伝ってくれた人の目の前であからさまに落胆しすぎた。

「中を見てきてくれてありがとうございます。助かりました」

「うん」

俺が頭を下げてお礼を言うと、葵のお姉さんは小さく頷く。

「更衣室の中じゃないなら、あとは自分で探してみます」

「心配だし、私も探しとくよ。女子トイレで倒れてたら大変だしね」

そうだ、俺じゃ探せない場所がまだあった。

ダメだ……！　こんな時にテンパるな……！

「ありがとうございます……お願いします！」

俺はお姉さんにもう一度頭を下げ、再び水澄を探しに向かった。

本当にあいつどこ行ったんだよ……⁉

さすがに黙って帰ったとは思いたくない。

道に迷った？

更衣室から北館まで十メートルもない。それはあり得ない。

なら急にお腹《なか》を壊してトイレに駆け込んだ？

だとしたらお姉さんが見つけてくれるかもしれない。

でも、その可能性も低い気がした……腹イタなら俺に連絡できない理由がない。

スマホを更衣室に忘れたって可能性はあるにはあるけど……どうなんだ？

いや、むしろ腹イタならそれでいい。

今日のイベントがほんの少し苦い思い出になるだけだ。

一番怖い想像は……何らかの犯罪に水澄が巻き込まれた可能性。

そんなこと考えたくもないが、どうしても嫌な想像が拭《ぬぐ》えない。なにしろ水澄は相当な美人だ。バカがバカな考えでバカな行為に走る可能性は残念ながらある。

「水澄ーーーーー!!　どこだーーーーーー!?」

堪えきれず、俺は会場中を駆け巡りながら大声で彼女の名前を叫んだ。

いつも俺を咎《とが》める羞恥心《しゅうちしん》も今日ばかりは開店休業だ。

恥ずかしいとかそんなこと言ってられない。

それよりも水澄からの返事が欲しかった。

だがいくら叫んでも彼女の声は返ってこない。

南館へ行って、北館に戻って。

それだけ探しても彼女は見つからなかった。

「ハァ……ハァ……」

気づけばまた更衣室の前まで戻ってきていた。

葵のお姉さんは見当たらない……女子トイレを探してくれているのだろうか？

「んっ……くっ！」

久しぶりにこんなに走った。息が苦しい。

呼吸を整えるため、壁に背中を預けて少し休憩する。

「痛っ！」

背中に何か当たった。

壁から離れて振り返ってみると、当たったのは屋内避難階段に出る防火扉の取っ手だった。

扉と壁の色が同化して見えて、さっきは見落としていたようだ。

更衣室のすぐ傍にこんなところがあったのか。

そこでふと『まさか……』と思う。

会場中を探し回ってみたが、本人どころか水澄を見たという人さえ見つからなかった。

彼女がまだ会場内にいるとしたら、あと残ってるのは女子トイレとここしかない。

「……！」

俺は取っ手を回し、防火扉を押してみる。

その重たい扉を開けると、そこには避難階段と――その傍の床にうずくまった水澄がいた。

「水澄」

「……高橋《たかはし》先輩」

扉の開く気配には気づいただろうに、水澄は俺に声をかけられてからようやく顔を上げた。

他人に見せるものじゃないと思い、後ろ手に防火扉を閉める。

防音性も抜群の扉が閉まると、途端に辺りがシン……となった。

会場の喧騒もここには届かない。
これじゃあ俺の声が聞こえなかったのも仕方なかった。
「……」
少し迷ったが水澄の隣に座る。
俺が座っても、彼女は立ち上がりも、身動《みじろ》ぎもしなかった。
お前………こんなところで何やってんだよ？
もうすぐコスプレの時間が終わっちまうぞ。
あんなに楽しみにしてたのにいいのか？
頭の中でいくつか言葉は浮かぶ。
だがどれも今は違うと思った。
見つけた時、特に水澄にトラブルが起きたわけではないのはすぐ分かった。
顔色も悪くないし、どこもケガしていない。
コスプレさえすればいつでも会場に出られる。
なのに出ない。
つまり——これはそんな些細《ささい》な問題ではないのだ。
「……見つかっちゃいましたね」
しばらくして、ようやく水澄は口を開いた。

俺のトラウマも難なく撃退してみせるこいつが、何でこんな狭い場所で縮こまってるのか

明るくてかわいくて社交力激高で学校でも人気者で料理も裁縫も何でもできる。

どうして彼女はこんなところに隠れてる？

もっとちゃんとよく考えろ。

違う。バカ。俺。違うだろ。死ね。このバカ野郎！

「……ごめんなさい」

「結構探したぞ」

――

「――ビビったのか？」

「――――！」

水澄の肩がビクンッと震える。

それからまた、彼女は自分を誤魔化すようにへにゃりと笑った。

「やっぱり……分かっちゃいますか？」

そう言って、水澄は膝《ひざ》の上で握り締めていた両手を開いてみせる。

カタカタと音が聞こえてきそうなくらい、その手は震えていた。

よく見ると脚も……座っていたのは立っていられなかったからか。

「笑っちゃいますよね。告知までして、衣装も作ったのに、直前で足が竦《すく》むなんて」

「初参加なんだ……仕方ないだろ」

そうだ。俺は何を見てたんだ？

先週「イベントについてきて欲しい」と頼んできた水澄の表情。

察しがよければ、あの時すぐに気づけただろ……！

こいつは去年まで中学生だったんだぞ？

本格的にコスプレを始めたのも今年からだ。

そのコスプレだって俺以外の人前でするのは、今日がはじめてのはずだ。

誰も見てくれなかったらどうしようとか。

自分よりすごい人がたくさんいて、自分じゃ全然通用しないとか。

それでプロになるのは無理だって現実を思い知らされるとか。

そういう不安を感じないわけがないじゃないか。

「ごめんなさい。先輩にもたくさん手伝ってもらったのに……」

「俺のことは…いい」

また俺は素っ気なく言ってしまう。

でも、それが逆に安堵《あんど》を与えてしまったみたいだ。

「……………あはは」

水澄は安心したように弱々しく笑い、空元気を作って立ち上がる。

「もう帰りましょうか！　こんな引《ひ》き攣《つ》ってる顔を撮られたら一生恥ずかしいですし」

「…………」

それが水澄の判断なら従うべきだ。

俺はただの手伝いなんだから、そこまで踏み込むのはやりすぎだ。

でも——俺は更衣室に戻ろうとした水澄の手を掴《つか》んで引き留めた。

「先輩？」

「……」

俺はがんばって考える。

今、水澄にとって必要な言葉を。

「水澄、やっぱり今からでもイベントに出よう」

「……でも」

「でもじゃない！」

逃げようとする水澄を俺は必死に繋ぎ留める。

「お前の気持ちなんていっつも分かんないけど……今日だけは分かる…………俺も昔はカメラマンになりたかったから」

「…………けど、先輩はコンクールで賞を獲ったじゃないですか」

「だから才能があるって？　あんなの、何十回も投稿してようやく獲ったやつだよ」

水澄は勘違いしているようだが、俺にカメラの才能なんてない。

それに才能の有無はこの際関係なかった。

「最初に雑誌に投稿したのは小学生の時だった。自信満々に投稿したけど賞に掠《かす》りもしなかった……あれはヘコんだ。学校も休んで布団《ふとん》でガン泣きしたし」

「……」

「自分が最高だと思うものをさ……他人に評価されて、しかもバツつけられるのって………まあ、実際しんどいよ」

俺は頭よくなかったから賞に落ちてやっとそれに気づいたけど、頭のいいやつはたぶん最初からその恐怖を理解できるんだろうな。

俺もそれを思い知ったあとは、次の賞に出すのが怖くなった。

またダメだったらどうしようって思うと手が震えて、ゲボ吐きそうになった。

――でも。

「それでも水澄、こればっかりは誰だって勇気を振り絞るしかないんだ」

「……！」

仮に天才がいて、そいつはありとあらゆる夢や目標を一発クリアできる才能があったとしても――それでもそいつが夢を叶《かな》えられたのは、勇気を出して最初の一歩を踏み出したからなのだ。

その勇気が必要なのは天才も凡才もあまり変わらない。

「だから出ろ、水澄」

「……こんな強引な先輩ははじめて見ました」

きょとんとした顔で水澄は小さく呟《つぶや》いた。

俺はあえて強引に自分の口の端を吊《つ》り上《あ》げて笑ってみせる。

「いつもお前には振り回されてるからな。たまには先輩命令も聞けよ」

「何ですかそれ」

水澄は苦笑し、俺の隣に座り直す。

そのまましばらく黙っていたが、不意に俺の肩にトンッ……と頭を預けた。

「先輩が命令するなら、後輩のお願いもひとつ聞いてください」

「……何だよ？」

俺が尋ね返すと、水澄は前髪で顔を隠したままその「お願い」を口にした。

「今日は最後まで私の傍にいてください。で、撮ってくださいよ。いつもの部活みたいに」

「それくらいお安い御用だ」

「約束ですよ？」

俺が頷くと、水澄は少しこちらを見上げて、ようやくいつもの彼女らしい笑顔を見せてくれた。

第八章◆◆◆そして高橋君はその指先を震わせる

避難階段から出た水澄《みすみ》が更衣室で急いで衣装に着替えて、俺《おれ》と一緒にコスプレスペースに出られた時にはもう三時になっていた。

終了時間まであと三十分しかない……！

すでにコスプレイヤーもカメラマンもだいぶ捌《は》けて少なくなっていた。

「……っ、行ってきます！」

水澄は最後に一回深呼吸して、ついにコスプレスペースに足を踏み入れる。

「あれ？　あの子今来た？」

「遅刻？」

今更スペースに現れた彼女を見て、幾人かが「おっ魔夏《まなつ》だ」と好意的な呟《つぶや》きを漏《も》らした。

元々、彼女のコスプレのクオリティは高い。

それに水澄自身も歩いているだけで人目を惹《ひ》きつけるオーラを持っている。

——が。

「あの、一枚お願いできますか？」

「えぁっ⁉ は、はい！」

声をかけられた瞬間、水澄は素《す》っ頓狂《とんきょう》な声を上げ、あっという間にオーラが霧散する。

……やっぱりまだ緊張しているようだが、これは仕方がない。

問題は撮影に入ってからだ。

「お、お願いします！」

水澄は慌てたように頭を下げ、ついに撮影が始まる。

最初の人が撮り始めると、その後ろにも何人か並び始めた。

大人気コスプレイヤーともなると並ぶ人数が多いため、〝囲み〟という状態でテレビの記者会見みたいに一斉にパシャパシャーッと撮るらしいが、基本はああやって順番に撮るようだ。

「ありがとうございましたー」

「は、はい！　こちらこそどうも！」

だいたい十枚から二十枚ほど撮って、次の人に順番を替わる。

みんなすでに撮りたいコスプレイヤーは撮り終わっていたためか、最後のついでにという感じで水澄の列は順調に伸びていってる。

それ自体は悪くない滑り出しなのだが……。

「次お願いしまーす」

「はい！　ど、どうぞ！」

受け答えがぎこちない。

……何してんだ水澄。

いつものお前はそんなもんじゃないだろ？

「もう少し前屈みでもいいですかー？」

「あっはい！」

あっはい……じゃない！

いや、返事はどうでもいい。

ポーズがヘタとかでもない。

表情もやや硬いが、水澄も必死に笑顔で撮ってもらおうとしている。

でもそれは魔夏じゃない。

魔夏の笑顔はもっと男を挑発するような妖艶《ようえん》さに満ちている。

だが彼女の笑顔は男に媚びるためのものではなく、相手を利用し、時には無慈悲に殺そうという悪の女ボスらしい冷徹さを帯びているのだ。

なのに今水澄が浮かべている表情は『ただの水澄』のものだ。

イリナやシオリの時のような、キャラクターが現実に現れたと錯覚するほどの没入感が、今の彼女からは感じられなかった。

でも、それは水澄のコンディションの問題とも言える。

今の彼女は足が震えないように立つだけで精いっぱいのはずだ。

いくらあいつの本当の実力はあんなもんじゃないからって……これ以上を求めるのは酷だ。

それは分かってる。

分かってるのに……ああっヤキモキする……！

「やっほー少年」

その時、ふと肩を叩《たた》きながら声をかけられる。

振り返ると、そこにはさっきお世話になった葵《あおい》のお姉さんが立っていた。

「その様子だと例のミスミちゃんは見つかったみたいだね」

「……⁉」

しまった！　一緒に探してもらったこの人に、水澄を見つけたことを報《しら》せてなかった⁉

「すすみません！　手伝ってもらってたのに連絡忘れてて……！」

「いいっていいって。こっちも連絡先交換するの忘れてたし、時間もなかったでしょ」

俺のやらかしを葵のお姉さんは笑って許してくれる。

めちゃくちゃいい人……！

「それより、あの子なんだか硬くない？」

そこでふと葵のお姉さんは水澄の様子をジッと見ながら尋ねてくる。

「……それってやっぱり分かります？」

「そうねー。見るからに緊張してるし、視線も泳ぎ始めてるし」

葵のお姉さんの指摘する通り、水澄の状態は時間を追うごとに悪くなっていた。

「……っ」

水澄もそれは自覚しているようで、表情にどんどん焦《あせ》りが生まれている。

こうなったら一度休憩を挟んで水澄を落ち着かせるか？

でも時間はすでに終了間近だ。

ここで撮影を中断して、はたして今並んでいる人たちは帰ってしまわないのか？

「……ッ」

水澄の視線が助けを求めるようにこちらをチラッと見た。

何とかしてやりたい……！

俺にできることは何もないのか⁉

「ん〜、少年その顔はズルいなぁ」

「え？」

葵のお姉さんは急にそんなことを呟くと、ニッと口の端を吊《つ》り上《あ》げる。

「そんな顔されたら助けたくなっちゃうじゃない」

「へ？　あの、助けるって……？」

「まあまあ。ここはお姉さんに任せときなさい」

それってどういう……？

葵のお姉さんは俺の肩をポンッと叩くと、水澄と順番待ちの列の方へと近づいていった。

「すみませーん。お兄さん、ちょっとだけ待ってもらっていいですか？」

「え？　あ、はーい」

葵のお姉さんに頼まれ、先頭にいたカメラマンはいったん手を止める。

「ありがとうございまーす」

カメラマンにお礼を言うと、次いで彼女は水澄に話しかけにいく。

「こんにちは。急な話で悪いんだけど、よかったら私と〝併せ〟しませんか？」

併せ——ふたり以上のレイヤーさんを一緒に撮ることだ、確か。

「え？　あの……」

突然の申し出に水澄は戸惑いを隠せない。

そんな彼女に葵のお姉さんは何か耳打ちした。

「ええっ⁉」

途端に水澄は驚愕《きょうがく》の声を上げ……少し間を置いてから首を縦に振った。

何を言われたのかは分からないが、どうやら葵のお姉さんとの併せを承諾したようだ。

「またまたすみませーん。途中からで申し訳ないんですけどー、この子初参加らしいんです。緊張してるみたいなので、ここからは併せでやらせてくださーい」

葵のお姉さんは並んでいる人たちに大声で事情を説明する。

実際、急な話ではあったが、特に反対の声は上がらなかった。

「ありがとうございまーす。それじゃ再開お願いしまーす」

「お、お願いしまーす」

ふたりは揃《そろ》ってお礼とお辞儀をして——そこから併せの撮影が始まる。

「あの！　魔夏が葵にあごクイしてるポーズお願いできますか？」

「はっはい！」

併せになったことで、ふたり組ならではのポーズを要求され始めた。

そこだけ見ると難易度はむしろ上がった気がするが……。

「こうでいいですか？」

「ダメダメ。もっと私を見下す感じで……そう、魔夏が葵のことオモチャにする時みたいに」

「……こう？」

「そう。いいよ、ゾクゾクする」

葵のお姉さんのリードのお陰か、徐々に水澄も落ち着きを取り戻し始めた。

「ふたりが絡《から》んでる感じでお願いしまーす」

「はい」

「はーい」

緊張も解けてきたのか、やや自由度の高い要求にも応《こた》えられるようになってきた。

自然と魔夏らしさを満たしたポーズがとれるようになり、葵のお姉さんのリードなしでも併せられるようになっていく。

それに伴い、この併せの評判がドンドン高まっていく。

「おい、こっちで『まなあお』の併せやってるぞ」

「完成度ヤバいわ。尊い」

「最後に撮ってこう」

カメラマン同士にも連絡網があるのか、もう撮り終わって会場中に散っていた人までコスプレスペースに戻ってきて、併せの列に並ぶようになっていった。

ところで時々聞こえてくる『まなあお』って何なんだ?

軽くスマホで検索すると、サジェストに『まなあお　百合』で出てくる。

どうやら『魔夏×葵』のカップリングを『まなあお』と呼ぶらしい。

しかも、かなりの人気のようだ。イラストサイトのリンクを踏んだら『まなあお』でこれまたえらい数のイラストがヒットした。

もしかして、葵のお姉さんは『まなあお』人気も考慮して助け船を出してくれたのか。

………カッコよすぎでは?

肝心なところで右往左往してた俺とは雲泥の差だ。

「レイヤーのみなさーん。間もなくコスプレ時間終了でーす」

その時、運営スタッフさんからのお達しが飛んでくる。

「……！」

ここでスタートが遅かったのが響いてきた。

まだ列に並ぶ人の半分も撮り終わってない。

これはどうすれば……。

「あのー時間もないし、囲みでお願いできませんか？」

と、そこで並んでいたカメラマンのひとりが提案する。

「えっとー、ここで囲みやってもいいですかー？」

その提案を聞いた葵のお姉さんは、まず周りにいたレイヤーの人たちに確認を取る。

囲みはスペースをだいぶ占領してしまう。

当然、断られれば囲みはできないが……。

「私はオッケーでーす」

「こっちも捌けるので大丈夫でーす」

頼まれたレイヤーさんたちは、快く場所を譲ってくれた。

終わり際《ぎわ》で人が減っていたのも功を奏し、囲みを行うのに十分なスペースが確保できる。

「それじゃあ、まずは右の方から目線いきまーす」

そうして最後の最後で囲みの撮影が始まった。
囲みなんて水澄は当然初体験だが、それも葵のお姉さんが上手《うま》く誘導してくれている。
この調子なら無事に最後まで撮影できそうだ。
……ん？
ていうか囲み撮影になったなら、俺も今すぐ撮っていいんじゃないか？
列になってた時は最後に並ぼうと思ってたが、囲みなら俺も入って問題ないだろう。
水澄にも「撮ってください」って頼まれてたし。
俺は急いでカメラの準備をして囲みの中に並び、順番が来るのを待つ。
「あと十分でーす！」
スタッフさんが今度は少し急《せ》かすように告げてくる。
いくら盛り上がっていてもイベントに携わる人たちに迷惑をかけてはいけない。
何があってもこの囲みはあと十分で終了だ。
けどまだ前には人がいる。
は、早く俺の番来てくれ……！
でも前の人にも水澄のことはちゃんと撮って欲しい……！
微妙に矛盾した気持ちを抱えながらジリジリしていると、ようやく俺の番が来た。
急げ急げ！　たぶん、あと五分もない！

俺はカメラを構え、ふたりの視線がこちらに向けられる時を待つ。

――そして。

「――――」

「――――」

レンズ越しに水澄と目が合う。

その時、彼女の表情が一瞬変わった。

サディスティックな魔夏から一転、年相応の少女のような微笑が目元から零《こぼ》れる。

だがそれは電源のオンオフが切り替わる刹那《せつな》のような、極々わずかな間の出来事だ。

次の瞬間、最後の最後でついに水澄のスイッチが完全に入った。

それまで辛うじて残っていた水澄の顔が消え、冷酷で妖艶な女ボスの〝魔夏〟が現れる。

異性も同性も蕩《とろ》かすような艶然《えんぜん》とした微笑を浮かべながらも、家畜を見るように冷徹な視線がカメラのレンズに突き刺さった。

豊かな胸を突き出すような挑発的なポーズは、頭の先から指先に至るまで意識が行き渡り、ゲームの中で敵を手玉に取る魔夏というキャラクターを完全に再現してみせた。

「すごっ……」

すぐ傍《そば》で彼女を撮っていたカメラマンが息を呑《の》む気配が伝わってくる。

当然その変貌ぶりに一番驚いていたのは一緒に併せをしていた葵のお姉さんだ。

先程までガチガチだった少女に何があったのかと目を丸くしている——と、そこで〝魔夏〟が葵のお姉さんを強引に抱き寄せた。

その勢いで葵のお姉さんはバランスを崩し、〝魔夏〟がそれを包み込むように抱き留める。

もう二度と腕の中から離さないと言わんばかりに。

ふたりの胸が潰《つぶ》れ合うほどに密着し、『まなあお』は至近距離でお互いを見つめ合う。

常に相手を支配するような〝魔夏〟の瞳《ひとみ》に……一瞬愛おしむような色が灯《とも》る。

「……っ」

その眼差《まなざ》しから逃れるように、葵のお姉さんは頰《ほお》を赤らめながら目を逸らした。

でもそれはまるで自分の中の感情を認められないような表情に見えて——それを見たカメラマンたちが歓声を上げる。

「おおおおおぉ！」

「ヤベェ！　完全に『まなあお』の解釈一致なんだけど」

「魔夏様が葵を支配してる感ヤバい！」

同時にシャッター音とフラッシュの嵐《あらし》が巻き起こる。

あの一瞬で、水澄は何の打ち合わせもなしに、高クオリティの『まなあお』を創り出してみせたのだ。

「あの魔夏様のレイヤー誰《だれ》だ⁉」

そこかしこから「ヤバい」と「あれ誰?」の声が聞こえてくる。

「……」

いろいろあってどうなることかと思ったが、これならきっと水澄のファンも増える。

イベント参加は大成功だ。

でもそれを喜ぶのはもう少しあと回しにしておく。

今はシャッターを切るのに忙しい。

「……ん。よし」

いい写真が撮れた。

こうして水澄の初イベント参加は終了した。

俺は撮った写真を見返しながら、更衣室の傍のベンチで彼女の着替えが終わるのを待っていた。

「センパーイ」

「ん」

その声で俺は顔を上げた。

水澄がキャリーバッグのローラーをガラガラさせながら、こちらへ駆け寄ってくる。

「お疲れ。約束通り、いい写真が撮れ」

「そぉい！」

「ぐふっ⁉」

キャリーバッグの角が立ち上がりかけた俺の鳩尾《みぞおち》に……⁉

「な……何すんだよ水澄？」

「ううぅぅぅ」

水澄は真《ま》っ赤《か》な顔で唸《うな》るばかりで質問に答えてくれない。

「あはは、本当に仲いいね。おふたりさん」

と、そこへ見知らぬお姉さんがやってきて笑った。

「あの、えっと……ど、どちら様ですか？」

「私だよ、私。飛河《ひゅうが》葵のコスしてた人」

「えっ……ああ⁉」

言われてようやくそれが葵のお姉さんだと気づく。

「なな何度もすみっすみません！　あんな、おっお世話になったのに……！」

「あははっ、いいよいいよ。コスプレ脱ぐと分かんないよね」

お姉さんはまるで気にしてないと手をひらひらさせる。

素のお姉さんもかなりの美人だった……しかもコスプレ姿より現実感があるせいで、さっきよりもずっと話す時に緊張する。

「私は『魔希菜《まきな》』。コスプレネームの方ね。あ、これ名刺」

「あ、えっ…どっどうも……」

差し出された名刺をぎこちなく受け取る。

コスプレ用の名刺ってあるのか……ん？　魔希菜？

この名前どこかで聞き覚えが……？

「ああっ⁉」

「ん？」

突然大声を上げた俺に魔希菜さんが首を傾《かし》げる。

「水澄……魔希菜さんって、もしかして？」

「……」

俺が短く尋ねると、水澄は両手で顔を覆《おお》いこくこくと無言で頷《うなず》く。

やっぱり前にイチオシと言っていた魔希菜さんか。

道理であの時、水澄が驚愕したわけだ。

テンパッてピンチに陥《おちい》っていたところに颯爽《さっそう》と現れ、併せまで提案してくれたのが自分の憧《あこが》れのコスプレイヤーとか。

俺が同じ立場だったら情緒グチャグチャになるわ。

「えっと、水澄ちゃん大丈夫？　もしかして、お腹《なか》痛い？」

「……あと十秒ください」

「え？　うん」

それからキッカリ十秒後、水澄は顔を上げるとくるんっと魔希菜さんの方へ向き直った。

「あ、あの！　まだちゃんとお礼言えてなかったので…あ、ありがとうございました！　わ私、魔希菜さんのこと前から大好きでアカウントもフォローしてて、その」

「そうなんだ、嬉《うれ》しいな～。水澄ちゃんのアカウントってどれ？」

「あっ、ちょっと待ってください……！」

水澄は急いでスマホを取り出し、ＳＮＳのアカウントを魔希菜さんに見せる。

それをきっかけにして、ふたりの話は大いに盛り上がった。

話題はもちろん今日のイベントのこと、コスプレのこと、『まなあお』の解釈、オススメのコスプレショップ、少し脱線して今期のアニメやお気に入りのコスメショップ、などなど。

俺には半分くらいしか分からない話だったので、とりあえず邪魔にならないように相槌《あいづち》だけ打っておく。

あっという間に意気投合してそのまま無限に話し続けてそうなふたりだったが、やがて魔希菜さんが乗る電車の時間が来てしまう。

「ごめんねー、食事の誘い断っちゃって。明日どうしても早く出勤しなくちゃでさ」

「いえそんな！　気にしないでください！」

別れ際、水澄はもう一度魔希菜さんに頭を下げる。

「今日は本当にありがとうございました。併せまでしてもらえて、すっごく嬉しかったです」

「いいのいいの。私も楽しかったし。それに私が水澄ちゃんのこと助けたくなったのは、そっちの少年が必死だったからだし」

魔希菜さんは最後にそう言って笑ってから、笑顔のままイベント会場をあとにした。

「…………おっ？」

彼女を見送ってしばらくしたあと、北館の方からパチパチパチーッと拍手の音が聞こえてくる。

「何だろ？」

「きっとイベントが全部終わったんですよ」

「あ、なるほど」

拍手の正体を知り、俺は納得する。

なんだか急にドッと疲れて、建物の壁に背中を預けながらその場にしゃがみ込む。

「先輩、お尻《しり》汚れますよ？」

「知らん」

洗濯するのはどうせ自分だ。

俺が立ち上がらないでいると、水澄も隣にしゃがむ。

「服汚れるぞ。そっちにベンチあるだろ」

「ここに座りたいからいいんです、別に」

……ならいいけど。

壁際でしゃがみ込んだ俺たちの前を、イベントから帰る人たちが通り過ぎていく。

その人波を眺めながら、しばらくふたりでボーッとしていた。

「何とか無事に終わったな」

「はい」

「フォロワー増えるといいな」

「はい」

「魔希菜さんいい人だったな」

「はい」

「つーかカッコよかった、女の人だけど」

なんか姉御《あねご》って感じで。

水澄が夢見ている世界がそういう人たちのいるところだと思うと少し安心する。

「そう言う先輩も今日はカッコよかったですよ」

「はぁ？」

急に何を言い出すんだこいつは。

「あの時、先輩が叱《しか》ってくれなかったら、私イベントに出られなかったですもん」

「いや、あれは……」

避難階段での出来事を思い出し、俺は急にこっ恥ずかしくなる。

「誰かの受け売りだ、あんなもん」

俺は目を逸らして誤魔化《ごまか》す。

「別に俺じゃなくたって、あれくらいのことは誰だって言える」

「……あはっ！　本当に先輩は素直じゃないですねー」

「はいはい」

水澄に笑われながら俺は立ち上がり、うんと体を伸ばす。

いつの間にか会場の中の人もまばらになって、あとはほとんど会場のスタッフさんしかいない。

「……帰るか」

「そうですね」

俺と水澄は荷物を持って外に出る。

と、会場を出てしばらくしたところで、水澄がふと立ち止まった。

俺も少し先で立ち止まって振り返ると、彼女も後ろを振り返っていた。

その視線の先には、さっきまでイベントが行われていた北館が佇《たたず》んでいる。

「先輩」

「ん？」

「私、今日のイベントに出られてよかったです」

呟くように語る水澄の言葉を、俺は静かに聞いていた。

「もしあそこで逃げ帰ってたら、私の中でコスプレが『怖いもの』になってたかもしれません。

でも、先輩のお陰で一歩を踏み出せて、そうならずに済みました」

そう言って、水澄がもう一度俺の方を振り返った。

あ――

「ありがとうございました先輩。私、今日のでもっとコスプレが好きになれた気がします」

「あ、ああ……」

「これからもがんばって、またもう一度――」

――水澄がまだ何か言っている。

新たな決意とか、次の目標とか、たぶんいいことを言っているのに……俺の耳を素通りしていく。

あまりにも悔しくて。

目からも耳からも血が噴き出しそうなほど悔しすぎて、彼女の声が脳まで届かない。

その代わり、何度も今の一瞬を脳内でリピートしていた。

夢へ一歩踏み出した晴れ晴れとした歓喜。

怯《おび》えを克服して手に入れた勇気。

初のイベント参加を終えた昂揚《こうよう》。

そんな様々な感情が凝縮された水澄の笑顔――その『輝き』に心を鷲掴《わしづか》みにされた。

だからこそ同時に「しまった!!」という後悔で指先がブルブルと震えてしまう。

何で……どうして……俺は今の水澄をカメラに収められなかったんだ!?

今のは間違いなく『最高の一瞬』だった。

時間を巻き戻せるなら今すぐ巻き戻して欲しいくらいだ。

そうしたら今度こそ絶対にシャッターを切ってみせるのに!

「――パイ?　先輩?」

「……あ?」

「もう!　何でそこで黙っちゃうんですかー」

「いや、その…………………!?」

「……?」

ヤバい。

水澄の顔がまともに見れない。

なぜなら気づいてしまったから。

この前からずっとモヤモヤと感じていた自分の気持ちの正体に。

俺は水澄のことが撮りたい。

コスプレじゃなくて。

水澄自身のことが。

彼女が一番輝いてる瞬間を手に入れたい。

トラウマとかそんなの全部忘れてしまうくらい……それくらい、俺は――水澄さなという少女がどうしようもなく好きになってしまったんだ。

第九章◆◆◆水澄さんの昔の話

イベントを終えたその日の夜、私はてとらさんと電話で話していた。

『それでは無事にイベントには出られたんですね』

「大変でしたけど何とか～、でもすっごくすっごく楽しかったですよ！」

まさか魔希菜《まきな》さんと併せができるなんて。

最後はちょっとリードしちゃったりとかして、本当にすごく楽しかった。

はじめて自作した衣装も魔希菜さんに褒めてもらったし、また今度一緒に撮りましょうって連絡先も交換しちゃったし……。

振り返ってみても夢のようなひと時だった。

こうやって電話で話してるとあの時の興奮を思い出してしまう。

でもてとらさんと話しながら、ちょっぴりそわそわしてる。

本当はもっともっと話したいことがあるのだ。

『そういえば今日はあの先輩さんも一緒だったんでしょう？　どうでしたか？』

「そうそう聞いてくださいよ！　もう今日の先輩超々カッコよかったんですよ！」

さすが師匠！　電話越しでも聞き上手！

「実は更衣室で着替えたあと……」

私は今日の出来事を、特に高橋《たかはし》先輩とのやり取りを詳しく話す。

それはもう華々しく！　感動的に！　ちょっぴり盛って！

少し興奮しすぎかもだったけど、てとらさんは時々相槌《あいづち》を打って丁寧に話を聞いてくれた。

『でも、本当によかったです』

「何がですか？」

ふとやさしい声でそう言われて、私は思わず聞き返す。

『この前お店に先輩さんを連れてきてくれて、一年越しにようやく実在が確認できましたから』

「ちょっ⁉　もしかして先輩のこと、私の妄想だと思ってたんですか？」

『うふふ、ごめんなさい』

冗談だったらしく、てとらさんは電話の向こうでコロコロと笑う。

「もーっ、てとらさーん！」

文句を言いつつ、私も釣られて笑った。

でもそっか。てとらさんに相談してから、もう一年も経《た》つんだ。

私が変わろうと思ったあの日から。

私が高橋先輩を最初に知ったのは中二の頃だ。

「えー、この度高橋君は大変名誉ある賞を――」

写真のコンクールで最優秀賞を獲ったとかで、全校集会で壇上に呼ばれ、全校生徒から拍手されていた。

その時はそれだけだ。

本当にただ顔と名前を知っただけ。

学年が違う人と知り合う機会なんて部活か委員会くらいしかない。

普通なら生まれが一年違うだけで、同じ学校に通ってても関わり合わない人が大半なのだ。

私と先輩も本来ならそうなっていたと思う。

けれど、ある夏の日のこと。

「やめて……」

「えー、何だってー?」

私は建物の陰で同級生の女子三人に取り囲まれていた。

その日はお休みで、私はアキバでたくさん買い物をした帰り道での出来事だ。

「あの、返して」

当時の私は自分に自信のない陰キャだった。

リア充《じゅう》だってマンガを読むしアニメも観《み》る時代だけど、私の趣味は陽《よう》キャ御用達みたいなジャンルからは少々ズレていた。

今は高橋先輩をオタク沼に誘うべく画策してるけど、まだまだあんなの序の口だ。

いずれはもっとエグいところまで引きずり込もうと思ってる。

閑話休題。

というわけで私は周囲から浮いていたし、からかわれることも多々あった。

その時は買ってきたマンガを取り上げられ、それをネタに笑われていた。

「何これー、アンタこんなの読んでるの？」

「うわっ、変態じゃん。キモッ」

「こんなの買うお金あるなら私たちに寄付しろよ」

どこまでも散々な言い草だった。

「……」

そんなトゲだらけの言葉を、私は黙って聞いて耐えていた。

心の中で「大丈夫、大丈夫」と自分に言い聞かせて。

そうやって不幸が通り過ぎるのを待つ以外に方法を知らなかった。

でも、その日は違った。

突然パシャッという音がして、物陰にフラッシュが焚《た》かれる。

「何すんのよ!?」

「お前らこそ何やってんだ」

怒鳴った同級生に向かって、カメラを構えた男の人が強い口調で言い返した。

「あっ」

その顔を見て、私は彼が高橋先輩だと気がついた。

「今の撮ったぞ」

「……っ」

そのひと言で私を囲んでいた同級生が全員怯《ひる》んだ。

「先ぱ、あの、ちが、違くて……」

相手が同じ学校の有名な先輩だと、彼女らも気づいている様子だった。

彼がその気になれば、今の決定的な証拠を学校側に提出することだってできる。

それは学生にとって、ある意味命を握られたも同然だ。

「お前らどっか行け」

「ああの……その写真、どうす」

「行、け」

怯える彼女らを睨《にら》み、先輩はもう一度言った。

これ以上彼の機嫌を損ねたくなかったのか、蜘蛛《くも》の子を散らすように同級生らはいなくなった。

「あの……ありがとうございます」

「気にしなくていいって。ほら、これ君のだろ」

高橋先輩は同級生が落としていったマンガを拾ってくれる。

マンガを受け取りながら、私はやけに芝居がかった口調だなと思った。

たぶん、この時は先輩もカッコつけてたんだと思う。

なんだかんだ言って、先輩も当時は中学生だ。

非オタにだって厨二心が眠ってる。

あの頃の先輩もまたかわいくていいなと思う。

それはまたそれとして。

「フーン、マンガが原因でイジメねぇ」

「……まあ、その……はい」

助けられた流れで、私はそのまま高橋先輩に相談に乗ってもらった。

まあ私から話したというより、向こうからぐいぐいこられて聞き出されたって感じだったけ

ど。

でもなんだかんだ、私も誰《だれ》かに話を聞いて欲しかったのは確かだ。

「あの……もしかして、先輩もオタクなんですか？」

話の途中で、私はもしかしてと思って尋ねた。

こんな私にやさしくしてくれたので、もしかして同志かと思ったのだ。

「いや、違うけど」

「あ、はい」

まあ違ったわけだけど。

「あえて言うなら俺はカメラオタクかな。これひと筋！」

先輩はそう言って誇らしげにカメラを掲げてみせた。

「子供の頃からずっと好きでさ。大人になったら絶対プロになるぜ、俺」

「……すごいですね」

「だろ？」

「羨《うらや》ましいです……自分の好きなことで胸を張れるって、いいですよね」

プロのカメラマンなんてすごい。カッコよくて。

そして、ズルい。

先輩の好きなものは、極《きわ》めた先にプロという道が拓けてる。

それが心の底から羨ましかった。

「なら君も好きなものでプロ目指したら？」

「え？」

「たとえばマンガ家とかさ。それに最近はほら、ゲームにもプロとかあるんだろ？」

ニュースの聞きかじりみたいな知識で先輩は言った。

「そんな簡単に……」

私はムッとして言い返そうとした。

けど。

「簡単じゃないのは当たり前だろ」

ムッとした私に、先輩もムッとしたように言った。

「でもやってみなきゃ何にも始まらないんだ。なら、やってみたらいいだろ」

「……」

先輩の物言いはやっぱり芝居がかってた。

でも、それは真理だった。

私の好きな少年マンガで散々言われてること。

最初からできる人間なんていない。

努力の果てに夢が叶《かな》う。

それを創作の中だけのことだと思って何もしてこなかったのは、誰？

「本当に好きなことなら本気でがんばれるさ。そうすりゃきっと何にだってなれるぜ？」

「先輩……本当にオタクじゃないんですか？」

「え？　何で？」

「いえ、何でもないです」

きょとんとする先輩の顔がおかしくって、つい私は笑ってしまった。

男の人がカッコつけると、ホントにマンガみたいなこと言うんだなって。

その日はそこで先輩とは別れた。

でも、それから時々学校で先輩を見かけては目で追った。

向こうは相変わらずカメラに夢中だし、私との出来事なんて忘れてしまったのか、特に眼中になかったみたいだけど。

もしそのままだったなら、私の胸に芽生えたものも、ただの憧《あこが》れで終わったかもしれない。

高橋先輩に関する悪い噂《うわさ》が学校中で流れ、彼が孤立しなかったら。

その噂を私が知ったのはかなりあとになってからだった。

先輩のお陰でイジメはなりを潜めたものの、友達は少ないままだったのが原因だ。

「はぁ……はぁ……」

噂の存在を知った私は先輩を探して学校中を探し回った。

先輩を見つけたのは昼休みの体育館裏だった。

「……」

あの人は背中を丸めて、人気のない場所でパンをもそもそと食べていた。

「先ぱ……」

私は声をかけようとして、途中で足が動かなくなる。

先輩があんなに肌身離さず持っていたカメラがないことに気づいたから。

あの噂が流れてからカメラを持っているだけで罵倒されるようになって、先輩はもう学校にカメラを持ってこなくなっていたのだ。

あんなにカメラを愛していた人が……ショックだった。

「……」

それほどまでに傷ついている先輩に、私はかける言葉が見つけられなかった。

そのまま先輩は卒業して、彼は地元から遠く離れた高校に進学した。

私はその後も先輩の様子がどうしても気になり、あらゆる手段を駆使して情報を集めた。

意外にもというか、先輩の噂は大人たちから聞くことができた。

小学生の頃からカメラ片手に町中を駆け巡り、道行く大人にも「撮っていいですか⁉」とせがんでいたそうで、先輩は近所の主婦や散歩が趣味の老人たちの間で有名人だったのだ。

そうしていろんな大人たちの話を聞くうちに、先輩が人を撮らなくなったことや、カメラのことを「ただの趣味」と言っていたことなどを知った。

正直、高橋先輩からの旅行の誘いを断った女子の気持ちは分かる。

もしあの頃の私が先輩に誘われたとしても……やっぱり少しは怖いと思うだろうし。

でも、それを人に話して学校中に悪い噂を広める必要ってありました？

いくらなんでも先輩がそこまでヒドいことをしたとはどうしても思えない。

賞を獲ってからの先輩が調子に乗っていた、なんて話も聞いたけど……。

それは……まあ……そうなんだろうなと思わなくもない。

だって先輩って、調子にでも乗ってなきゃ女の子に話しかけるなんてできないでしょう？

もしかしたら先輩はそのせいで失敗してしまったのかもしれないけれど。

けど、けどね、先輩。

先輩が調子に乗っていてくれたお陰で救われた女の子もいるんですよ？

あの日、あの時、先輩に助けてもらって私がどれだけ嬉《うれ》しかったか。

——だから。

その私を救ってくれた先輩が、誰にも救われずにこのまま見捨てられてしまうなんて……そんなの、どうしても納得できなかった。


それから私は自分にできることを考えた。

必死に、必死になって考え続けた。

何日も何日もかけて、ようやく私は結論に辿《たど》り着いた。

「……そうだ！」

コスプレイヤーになろう。

それもただの趣味じゃなくて、プロになるくらい本気で取り組もう。

先輩に好きなものを本気でやってみろと言われてから、自分の趣味が活かせる仕事はないかと調べていたので、コスプレイヤーにもプロがあるのは知っていた。

そして自撮りベタな私がその夢を叶えるには、腕がよくて信頼できるカメラマンが必要だ。

先輩にはそれになってもらおう。

最初はどんな形でも構わない。

先輩ならきっと本気の想《おも》いには本気で応《こた》えてくれるはずだ。

だから今からいっぱいポーズの練習しよう。

コスプレのためにメイクも覚えよう。

ダイエットもしよう。

暗い性格も変えよう。

もごもごした喋《しゃべ》り方も改めよう。

綺麗《きれい》に見える歩き方も覚えよう。

幸いアテならある。行きつけのメイド喫茶《きっさ》のメイド長だ。

あの人に弟子入りでも何でもして、自分の磨き方を教えてもらおう。

先輩に私を見て、『撮りたい』って思ってもらえるように。

私を撮って、人を撮って、以前の情熱を取り戻して、またプロを目指してくれるように。

それがあの日助けてもらった私にできる——いつの間にか好きになっていた先輩への恩返しだ。


そうして私は一年かけて自分を磨いて、先輩を追いかけて同じ高校に入学した。

もちろん先輩のいる写真部にすぐ入ろうと思ったけど、なぜか放課後に部室を訪ねても誰もいなかった。

あとで先輩に聞いた話によると……なんか、部活見学の一年生の相手をしたくなくて、その週はずっと学校の外で写真を撮っていたらしい。

いや、それで廃部寸前になってたら意味ないでしょ！

正直その話を聞いた時は笑ってしまった。

でも、そんな抜けたところも愛おしく思えてしまうのだから、恋は盲目とはよく言ったものだと思う。

『ところで、さなさん』

「……！」

てとらさんの声で、昔を思い出していた私は現在に戻ってきた。

「何ですか？」

『まだ先輩さんに告白はしませんの？』

「コクッ⁉」

突然のデッドボールに私は思いきりドキッとさせられる。

「そっ、そんなのまだできるわけないじゃないですか。まだ先輩の好みとかも全然把握できてないし、未《いま》だに先輩から撮りたいって言ってもらえてないし、それに……！」

『あらあら。さなさんはもう少し自分に自信を持つべきね』

慌てて言い訳を重ねる私に、てとらさんは小さく笑う。

『ならまずは胃袋から捕まえるのはどうかしら？　前に振る舞った手料理の評判はよかったって言っていたじゃありませんか』

「確かに喜んでくれましたけど……具体的にどうすれば？」

『まずはですね……』

〝恋の師匠〟でもあるてとらさんは有益な助言を私に与えてくれる。

普段はお上品な彼女が恋バナの時だけ少し饒舌《じょうぜつ》になることは、ほかの人には教えられない私たちだけの秘密だ。

エピローグ◆◆◆ナイショのキモチ

『バトキン』のイベントを終えた翌週の月曜日。

「うわああああああああああああああ！」

俺《おれ》は朝から悶絶《もんぜつ》していた。

この展開、前にもあったな……。

でも過去のトラウマなどまるで小者に思えるほど、今回は重傷だった。

どうしようもなく好きになってしまったんだ、じゃっねーよ！

「思春期か俺は⁉　そうだよ‼」

意味不明なセルフツッコミをしながらベッドから転げ落ち、朝から頭を打った。

「おおおお……⁉」

そんな調子でのたうち回っているうちに、危うく遅刻しかけて朝食を食べ損なった。

腹を鳴らしながら午前の授業をなんとか乗り切り……迎えた昼休み。

「……」

今日は俺の方が先に部室に着いた。

俺は定位置の机で購買のパンを食べつつ、いつ水澄《みすみ》が来るかと警戒していた。

大丈夫……いつ彼女が来ても平静を保て。

心を強く持つんだ、俺。

きっとバレないはずだ。

俺が挙動不審なのはいつものことだし。

その範囲内で接すれば、何の問題も……


「こんちガッタン！


はい、ダメー！

水澄がドアを開けた瞬間、秒で椅子からズリ落ちた。

どんだけ動揺してるんだ俺………自分でもびっくりする！

「何してるんですか、先輩？」

「なななななっ何でもない！」

ヤバいヤバいヤバいヤバい心臓ヤバい。

ドキドキしすぎて破裂、いや、体ごと爆散する……⁉

「？」

水澄は首を傾《かし》げつつ、自分の椅子に座る。

俺もズリ落ちた体を持ち上げ、とりあえず元の姿勢に戻った。

「高橋《たかはし》先輩、またパンですか？」

「あ、ああ」

答えながらパンをかじる。

さっきと同じパンを食べてるはずなのに、緊張で味が分からなくなっていた。

これはもう本格的にヤバい。マジで水澄の顔が見れない。

「先輩」

「……何だ？」

普通の声で返事をするのに一拍遅れる。

「よかったら今度……お、お弁当でも作ってきてあげましょうか？」

「きえええええええぇ!?」

まさかのサプライズについ絶叫して椅子から立ち上がる。

「何ですかその叫び声、示現流《じげんりゅう》？」

素で引かれた。ついでに椅子も引かれて距離を取られる。

「いいっいやだって！　おまっお前が弁当作るとか言うから……！」

「それはあのっ！　この前のお礼っていうか、その……先輩相変わらず食事が偏ってるし……

あと、てとらさんが先輩喜ぶって言うから」

「?」

「……あーもう！　かわいい後輩がお弁当作るって言ってるんですよ⁉　喜びに泣きむせんで！　黙って受け取ってください！」

「え、あ、お、おう」

なんか強引に話をまとめられてしまったが……水澄の手料理がまた食べられるのは素直に嬉《うれ》しい。

「何かおかずのリクエストとかありますか?」

「いや別に……何でもいいけど」

「そういうのが一番困りますって。先輩の好きな物とか教えてください」

「す…好きな物？　……えっと、唐揚げとか。あと……」

「ふむふむ」

水澄は俺から聞き出した好物をスマホのメモ帳に入力していく。

「了解《りょーかい》です。じゃあ明日からお弁当作ってきますから、楽しみにしててくださいね」

「……ああ」

嬉しすぎてすでに顔面が緩《ゆる》みそうになってるが、何とか平静を保つ。

でも、嬉しい反面、胸の奥がチクリとした。

こういう態度は男が変な期待をするからやめろって何度も言ってるのに……俺みたいに明ら

かに釣り合わないやつまで勘違いを起こしてしまう。

彼女との関係はコスプレイヤーとただのカメラマンなのに。

「そういえば先輩！　先輩に撮ってもらった魔希菜《まきな》さんとの併せ写真、あれ軽くバズったみたいでフォロワーがめっちゃ増えたんですよ。ほらほら」

そう言って水澄はスマホの画面を見せ、嬉しそうに報告してくる。

「ん……」

その喜ぶ顔に、笑顔に、心がさざ波立つ。

少なくともこの顔は俺の撮った写真のお陰で見られたものだ。

これでも俺に与えられる報酬としては十分すぎるほどだ。

もしヘタなことをして今の関係を壊したら、この笑顔すら見られなくなってしまう。

…………よし！

「水澄、次は何のコスプレするか決めたか？」

「そうですねー次はー」

俺は水澄と次のコスプレと撮影の予定を話しながら、強い決意を固めていた。

これからも彼女の夢を叶《かな》えるために俺はいい写真を撮り続ける。

それが俺を救ってくれた――世界一強くてカッコよくてやさしくてかわいい、最高のヒロインへの恩返しだ。

あとは時々、さっきみたいな笑顔を見せてくれればいい。
だからどうかこのレンズ越しの関係を続けさせてくれ。
そしてまたいつか『あの笑顔』を撮るチャンスを、俺にもう一度——。

あとがき

はじめましての方ははじめまして。お久しぶりの方はお久しぶりです。

なめこ印《じるし》です。

この度は新シリーズでのお目見えとなりました。

タイトルは……実はこのあとがきを書いてる時点でまだ決まってません（笑）。

無事に発売されたならちゃんと表紙や背表紙に書いてあると思います！


タイトルは置いといて本作についてをば。

内容はカメラが好きなぼっちの高橋《たかはし》君が、廊下でぶつかった美少女の水澄《みすみ》さんにぐいぐいこられて右往左往する学園ラブコメになります。

一巻はぼっちの高橋君が自分の恋心を自覚するまでのお話でした。

高橋君はこれからも水澄さんとはレンズ越しのつき合いに終始するつもりのようですが、彼女も彼に対して片想《かたおも》いしていることをまだ知りません。

はたして彼彼女らの両片想いはどう転がっていくのか……という物語を、今後お楽しみいただだけたらなと思います！


ここから謝辞です。

まずは担当の藤原《ふじわら》様。この度は新シリーズの立ち上げから面倒を見ていただき、まことにありがとうございます。高橋君と水澄さんをいかにかわいくするか、スカイプで散々話し合わせていただいたお陰でよい作品に仕上がったと思います！　今後ともよろしくお願いします。

次にイラストレーターの餡《あん》こたく様。今回はイラストを引き受けていただきまして、まことにありがとうございます。各キャラクターの魅力を存分に描いていただき、本作の内容がより素晴らしいものになったと思います！　今後ともよろしくお願いします。

最後にこの本を出すにあたり、ご尽力くださった編集部の方々、表紙のタイトルロゴなどを作ってくださったデザイナー様、各書店を回ってくださった営業様、本を書店に卸してくださる流通様、本を置いていただく書店様並びにそこで働く書店員の皆様、お陰様で無事に拙作を読者の皆様の許へお届けすることができました。いつも本当にありがとうございます。

そして、もちろんこの本を手に取って読んでいただいた読者の皆様に最大級の感謝を。

どうか本作を末永く応援よろしくお願いいたします。

それでは。

2021年4月某日　なめこ印

ファンレター、作品の
ご感想をお待ちしています

〈あて先〉

〒106－0032
東京都港区六本木2－4－5
SBクリエイティブ（株）
GA文庫編集部 気付

「なめこ印先生」係
「餡こたく先生」係

本書に関するご意見・ご感想は
右の QR コードよりお寄せください。

※アクセスの際や登録時に発生する通信費等はご負担ください。

https://ga.sbcr.jp/

ラブコメ嫌《ぎら》いの俺《おれ》が
最高《さいこう》のヒロインにオトされるまで

発　行　　2021年6月30日　初版第一刷発行
著　者　　なめこ印
発行人　　小川　淳

発行所　　SBクリエイティブ株式会社
〒106-0032
東京都港区六本木2-4-5
電話　03-5549-1201
　　　03-5549-1167（編集）

装　丁　　荻窪裕司

印刷・製本　中央精版印刷株式会社

ISBN978-4-8156-0935-1
Printed in Japan　　GA文庫

試読版は
こちら!

試読版は
こちら!